围炉夜话

[清]王永彬·著
乙力·编译

陕西新华出版 三秦出版社

图书在版编目（CIP）数据

围炉夜话 /（清）王永彬著 ；乙力编译. -- 2版
西安 ：三秦出版社，2008.04（2024.1重印）
（国学百部文库）
ISBN 978-7-80628-203-8

Ⅰ. ①围… Ⅱ. ①王… ②乙… Ⅲ. ①个人－修养－中国－清代②围炉夜话－注释 Ⅳ. ①B825

中国版本图书馆CIP数据核字（2008）第033011号

书　　名　围炉夜话
作　　者　[清] 王永彬 著　乙力 编译
责　　编　贺金娥
封面设计　新华智品

出版发行　三秦出版社
社　　址　西安市雁塔区曲江新区登高路1388号
电　　话　（029）81205236
邮政编码　710061
印　　刷　北京一鑫印务有限责任公司
开　　本　680×1020　1/16
印　　张　9
字　　数　103千字
版　　次　2008年4月第2版
印　　次　2024年1月第2次印刷
标准书号　ISBN 978-7-80628-203-8

定　　价　39.80元
网　　址　http://www.sqcbs.cn

前　言

《围炉夜话》是一部品味人生、体悟人生的格言集。作者王永彬，生平不详。书中隽语涉及社会生活的各个层面，将修身、齐家、治国、平天下的理想与日常生活紧密相联，使先哲智慧带上浓厚的生活气息与人情味，让读者在轻松愉快中领略其蕴含的深刻道理。

该书俯拾皆是经典的精练之言，在立身处世、自我修养、待人接物、理想境界等方面，均蕴含独到的见解。另外本书的难能可贵之处在于作者对当时世道人心之险、道德日益沦丧的批判："风俗日趋于奢淫，靡所底止，安得有敦古朴之君子，力挽江河；人心日丧其廉耻，渐至消亡。安得有讲名节之大人，光争日月。"其揭露与鞭挞，颇见力度。

此外书中的大部分观点，如勤勉劳作、节俭持家、敬老爱幼、持身自律等，对于我们今天治家理财、教育子女等，都有一定的借鉴意义。

《围炉夜话》不以严密的思辨见长，而是以简短精粹的格言取胜，三言两语，却蕴含着深刻的人生哲理，不但使自己清醒，也能使别人警醒。正如寒冷的冬天里温暖的炉火，给人温暖，给人慰藉。

编　者

2008 年 8 月

目　录

教于幼正大光明　检于心忧勤惕厉

【原文】

教子弟于幼时，便当有正大光明气象；检身心于平日，不可无忧勤惕厉功夫。

【译文】

教导子弟要从幼时开始，培养他们凡事应有正直、宽大、无所隐藏的气概；在日常生活中要时时反省自己的思想行为，不能没有自我督促和自我砥砺的修养。

【赏析】

现在越来越多的人们发现，教育开始得越早，越有可能培养出卓越的明日之星，让孩子在幼年时就能形成与众不同的品质、气度，这对孩子来说是宝贵的财富。另外，人们在平时的生活中，也要时常反思自己，不断学习，不断磨砺自己。

交游要学友之长　读书必在知而行

【原文】

与朋友交游，须将他好处留心学来，方能受益；对圣贤言语，必要我平时照样行去，才算读书。

【译文】

和朋友交往共游，必须仔细观察他的优点和长处，用心地学习，才能领受到朋友的益处。对于古圣先贤所留下的言论，一定要在平常生活中依循做到，才算是真正体味到了书中的教诲。

【赏析】

人要有所发展，不能将自我封闭在一个小圈子中，应该经常与人打交道。善于交友，取友之长、戒友之短就是与人交往最重要的原则了。先圣先哲是我们最好的老师，我们虽不能亲自聆听他们的教诲，但可以通过书本努力学习到，更重要的是要亲自付诸实践。

俭以济贫　勤以补拙

【原文】

贫无可奈惟求俭，拙亦何妨只要勤。

【译文】

贫穷得毫无办法的时候，只要力求节俭，总是还可以度过的。天性愚笨也没有关系，只要自己比别人更勤奋，还是可以跟得上的。

【赏析】

世事无常，贫困难免会降临在某个人身上，但是这并不是什么绝路，节俭就是克服困难的最好方法。在学习征途中也是一样，先天的愚钝与聪慧无法改变，但勤能补拙，只要勤奋拼搏依然可以有所成就。

话说平常却稳当　为人本分常快活

【原文】

稳当话，却是平常话，所以听稳当话者不多；本分人，即是快活人，无奈做本分人者甚少。

【译文】

既安稳又妥当的言语，常常是既不引人入胜，也不令人惊奇的，所以喜欢听这种话的人不多。一个人能安守本分，不做超越本分的事，便是最愉快的人了，可惜能够安分守己、不胡作非为的人却很少。

【赏析】

朴实无华，平平淡淡，往往是最真诚、最真实的。在现实中，人们往往追求的是新奇夸张，虚浮华丽，穷奢极欲，而忽视了最真诚、最真实的话语和人，这确实是现代人的一种悲哀。

处事常为别人想　读书须得自用功

【原文】

处事要代人作想，读书须切己用功。

【译文】

处理事情的时候，要多替别人着想，看看是否会因自己的方便而使别人不方便。读书的时候却必须自己切实地用功，因为学问是自己的，别人不能代替。

【赏析】

在人们的意识中，往往用宽容的心理来看自己，用偏见之心去审视他人。为人处世也总是考虑自己的利益，把自己放在首位，而不能一视同仁。这样做也许会得到一时的利益，但从长远来讲是得少失多。办事可以求人，但读书必须靠己，是不可以找人代读的。读书是件苦事，找人替读不行，不刻苦读也不行。

信是立身之本　恕乃接物之要

【原文】

一“信”字是立身之本，所以人不可无也；一“恕”字是接物之要，所以终身可行也。

【译文】

一个“信”字，是为人立身处世的根本。一个人如果失去信用，任何人都不会接受他，所以人不可没有信用。一个“恕”字，是与别人交往的重要品德。因为“恕”即是推己及人，因此不会做出对不起别人的事，于己于人皆为有益，所以值得终生奉行。

【赏析】

诚信是立身处世的根本。人如果想平安处世，在社会上行得正，走得稳，就必须得坚守诚信的原则。同时，诚信还能净化我们的心灵，升华我们的品德，化解矛盾与误会，赢得信任和友谊。另外，我们还要把对自己的宽容推及他人，宽容他人，为他人着想，这样不仅使你与周围之人的关系十分和睦，而且还可以使你的事业更进一步。

不因说话而杀身　勿为积财而丧命

【原文】

人皆欲会说话，苏秦乃因会说而杀身；人皆欲多积财，石崇乃因多积财而丧命。

【译文】

人人都希望有极佳的口才，但是战国时期的苏秦就是因为口才太好，才被齐大夫派人暗杀。人人都希望自己能积存很多财富，然而晋代的石崇就是因为财富太多，遭人嫉妒才惹来杀身之祸。

【赏析】

言语、说话在为人处世上发挥的作用越来越大，它是与人沟通交往的桥梁。一声不吭、沉默寡言是很难在世上立足的。但是我们也要牢记：“祸从口出，病从口入”，说话不能盲目，要注意场合，人们同时也要注意话的表达，不要过头，否则将会招引灾祸。钱财也是一样，没钱固然没法立足社会，但无止境地索取，贪婪地追求钱财，最终也会被金钱所累，甚至会招引杀身大祸。

严可平躁　敬以化邪

【原文】

教小儿宜严，严气足以平躁气；待小人宜敬，敬心可以化邪心。

【译文】

最好以严格的态度教导孩子，因为孩子心思顽皮毛躁，不能安定下来，严格的态度可以压抑其浮动之心，使之能够安静学习。对心思不正的小人，最好待之以尊重而谨慎之心，因为小人心思邪曲，如果尊重他的人格，也许可以使之放弃邪僻的想法。同时以谨慎的态度相处至少不会蒙受其害，因为谨慎之心可以化解邪曲之心。

【赏析】

生而不养，不如不生。教育孩子，是父母的一项神圣而不可推卸的天职。娇惯溺爱，并非真正地爱护子女；从严教育，才能平息他们的娇气与浮躁，才能让他们健康地成长，使他们知道什么是责任、什么是珍惜、什么是坚强。

社会之大，什么人都有。我们要有足够的准备，戒备着身边那些心术不正、邪恶阴险的小人。防止受到他们的伤害。同时，在他们的人格上我们必须给予足够的尊重，从而也可以使他们能够悔悟，重新做人。

善谋生不必富家　善处事不必利己

【原文】

善谋生者，但令长幼内外，勤修恒业，而不必富其家；善处事者，但就是非可否，审定章程，而不必利于己。

【译文】

长于维持生计的人，并不是有什么新奇的花招，只是使家中年纪无论大小，事情无分内外，每个人都能就其本分有恒地将事完成，这样虽不一定使家道大富，却能在安稳中成长。长于办理事务的人，不一定有奇特的才能，只是就事情如何完成，在可与不可处加以判断，订立一个办理的规则和程序，而且，并不一定要对自己有利才去做。

【赏析】

善于谋生、精于处世是每个人所希望的，但许多人都是忙碌了一生，却依旧是生计难以维持，一辈子一无所成。其中的原因就是没有弄清其中的道理，没有掌握其中的方法。其实这也十分简单，只要安于本分，勤奋刻苦，坚持不懈，而不把谋求大富大贵作为目标，这样才是真正的谋生者，精于处世的人。同时也还要用公平的态度去判断事物，处理事务，这样就能处理好一切事务了。

名利不可贪　学业在德行

【原文】

名利之不宜得者竟得之，福终为祸；困穷之最难耐者能耐之，苦定甘回。生资之高在忠信，非关机巧；学业之美在德行，不仅文章。

【译文】

得到不该得的名声和利益，当初以为是幸运，终究会成为灾害；最难以忍耐的贫穷和困苦，若能咬紧牙关加以忍耐，最后一定会苦尽甘来。人的资质高低，在于对事是否尽心而有信，并不在于善用机变与心巧。读书读得好的人，不仅在于文章美妙，而且在于他的道德是否高尚、品行是否美好。

【赏析】

功名利禄永远具有着极度的诱惑力，引诱着那些爱好虚荣，自控力差的人去追逐。如果你付出了心血、努力、贡献而获得功名利禄，这也算是上天对你的回报；如果你一味贪求，以虚伪欺骗的手段来获得，大祸早晚会降临到你的头上。人生于富贵之家或贫寒之家，自己都是无法选择的，贫寒困厄虽然折磨人，但也磨砺人，只要你能耐得住贫困，不失其志，不怕艰险，不怕劳苦，终究会成就一番事业的。

君子力挽江河　名士光争日月

【原文】

风俗日趋于奢淫，靡所底止，安得有敦厚古朴之君子，力挽江河；人心日丧其廉耻，渐至消亡，安得有讲名节之大人，光争日月。

【译文】

社会风气日渐奢侈浮华，这种现象愈来愈变本加厉，一直没有改善的迹象；真希望出现一个不同于流俗而又质朴的才德之士，大力改善现在的奢靡之风，恢复原本的善良质朴。世人已逐渐失去廉耻之心，这样下去总有一天会完全不知羞耻。如何能出一位重视名誉和气节的有德之士，唤醒世人的廉耻之心，作为世人的榜样呢。

【赏析】

人心不古，世风日下，奢侈淫乱的社会风气日渐严重。思贤能，求名士的呼喊声越来越大。

真正的君子，不光要在这时候站出来遏制这不良风气，挑起这沉重的担子，还应该挺身而出，用自己的德行去唤起世人的良知与爱心，让人们得到警醒。如此一来，社会上的不良风气必然会减弱，不正之风必然会得到遏制，名士们的德行必然同日月光辉般永照人间。

心正则神明见　耐苦则安乐多

【原文】

人心统耳目官骸，而于百体为君，必随处见神明之宰；人面合眉眼鼻口，以成一字曰“苦”（两眉

为草眼横鼻直而下承口乃苦字也），知终身无安逸之时。

【译文】

心统治着人的五官及全身，可以说是身体的主宰，一定要随时保有清楚明白的心思，才能使言行不致出错。人的脸是合眉、眼、鼻、口而成形，若将两眉当作是部首的草头，把两眼看成一横，鼻子为一竖，下面承接着口，恰巧是一个“苦”字。由此可知，人的一生是苦多于乐，没有安闲快活的时候。

【赏析】

人的身体各个部分，以心为其主宰，统帅着全身的一举一动，指挥着表情神态和言语。所以欲正其言语、行为、表情，必须先正其心，这才是最明智的做法。别人难以改变自己，欲想实现自己的理想，必须自己下一番苦功克服不可。而偏偏人的一生，多与苦难同行，我们必须要学会以苦为乐。只有尝遍所有苦难的滋味，历经各种磨难之后，才会体会到人间的快乐。

人世沧桑　在人在天

【原文】

伍子胥报父兄之仇，而郢都灭，申包胥救君上之难，而楚国存，可知人心足恃也；秦始皇灭东周之岁，而刘季生，梁武帝灭南齐之年，而侯景降，可知天道好坏也。

秦始皇　（前259—前210），姓嬴，名政。首位完成中国统一的秦王朝的皇帝。

【译文】

春秋时的伍子胥，为了报父兄之仇，誓言灭楚，终于破了楚的首都郢，鞭仇人之尸；而当时的申包胥则发誓保全楚国，终于获得秦军救援，使楚国不致灭亡。由此可见，人只要决心做事，定能办到。秦始皇灭东周那一年，灭秦立汉的刘邦出生了。梁武帝灭南齐的那一年，归降梁武帝的侯景，后来却反叛梁朝。可见天理循环，报应不爽。

【赏析】

伍子胥、申包胥的事例告诉我们，天下无不可为之事。有志者，事竟成。志向与意志是成就事业的关键因素。但是谋事在人，成事在天。许多事情的发展也不是以人的主观意志为转移的。所以，处事一定要有度，懂得天理循环，因果报应的道理，审时夺势，不断改变自己来适应时势，能进能退，以防适得其反。

有才如浑金璞玉　为学似流水行云

【原文】

有才必韬藏，如浑金璞玉，暗然而日章也；为学无间断，如流水行云，日进而不已也。

【译文】

有才能的人必定勤于修养，不露锋芒，就如未经提炼、琢磨的金玉一般，虽不炫人耳目，但日久便知其内涵了。做学问一定不可间断，要像不息的流水和飘浮的行云，永远不停地前进。

【赏析】

未经冶炼的黄金和未经雕琢的玉虽然内在光华，但却没有光彩的外表。真正有才华的人也同这两者一样，朴实无华，不到处炫耀自己。但他们的能力与才华终究有一天会显露出来得到他人认可的。而那些夸夸其谈、自我炫耀卖弄的人往往是一些浅薄无能之辈，那种吹嘘自己、目空一切正好是他们无知的丑态。

一个人若想做学问，就必须知道学无止境的道理，相信只有付出辛苦的努力才会有所收获。要像行云流水那样日不间断，日积月累，最终才能学有所成。

积善祛殃　积财遗祸

【原文】

积善之家，必有余庆；积不善之家，必有余殃。可知积善以遗子孙，其谋甚远也。贤而多财，则损其志；愚而多财，则益其过。可知积财以遗子孙，其害无穷也。

【译文】

凡是做好事的人家，必然遗留给子孙许多的吉庆；而多行不善的人家，遗留给子孙的只是祸害。由此可知多做好事，为子孙留些后福，才是长远的打算。贤能而有许多金钱，这些金钱容易使人不求上进而耽于享乐；愚笨却有许多金钱，这些金钱只是让人增加更多的过失罢了。由此可知将金钱留给子孙，不论子孙贤或不贤，都是有害无益的。

【赏析】

且抛弃古代“善有善报，恶有恶报”的说法，从社会关系角度来讲，一个人行善，必然会受到对方的感谢，受到邻里的称赞，受到社会的尊崇。他的子孙也将受到人们的照顾，在危险困厄之时，人们往往会念及他的德行而帮助其子孙，所以施善可以延福于子孙。另外有些人不是积善而是积钱，把钱看作万能钥匙，认为钱能解决一切问题。金钱至上，把它当作享乐的根本。其实恰恰相反，金钱是一切祸害的根源。

教子严成德　勿以财累己

【原文】

每见待子弟严厉者，易至成德；姑息者，多有败行，则父兄之教育所系也。又见有子弟聪颖者，忽入下流；庸愚者，转为上达，则父兄之培植所关也。人品之不高，总为一利字看不破；学业之不进，总为一懒字丢不开。德足以感人，而以有德当大权，其感尤速；财足以累己，而以有财处乱世，其累尤深。

【译文】

常见对子孙严格的，子孙较易成为有才德的人；对子孙宽容的，子孙的德行大多败坏，这完全是因为父兄教育的关系。又见有些后辈原本十分聪明，却做出品性低下的事；有些原本平庸愚钝，却成为品性很好的人，这就在于父兄的栽培教育了。一个人品格之不清高，是因为无法将一个“利”字看破；而学问之不长进，是因为懒惰不勤奋。能以道德感化他人的人，若身居高位而又有权威，则感化他人尤其容易。财富多到足以拖累自己，倘若处于乱世，则钱财的拖累就更严重了。

【赏析】

教育，一直是人们所关注的问题。对子女的教育，不光要用爱心，还要注意方法。因材施教是教育者所应掌握的基本方法。有才华的子女，一定要严加管教，否则会因其骄傲而自毁前途，对资质一般的既要严格管理还要多给予爱心，防止其沉沦堕落。

德、财是社会的两大财富。许多人活得十分苦闷，丝毫没有体会到生活的快乐，是因为太过于对金钱的追求了，只有把对道德的追求放在首位，才能使自己免受金钱所累。

读书无论资性高低　立身不嫌家世贫贱

【原文】

读书无论资性高低，但能勤学好问，凡事思一个所以然，自有义理贯通之日；立身不嫌家世贫贱，但能忠厚老成，所行无一毫苟且处，便为乡党仰望之人。

【译文】

读书不论天赋资质高低，只要能够用功，不断学习，遇有疑难肯于请教，任何事情都想个透彻，终将有一天能够通晓书中的道理。在社会上立身处世，不怕自己出身贫穷低微，只要为人忠诚敦厚，做事稳重踏实，所作所为没有一丝随便或违背道义之处，便足以为家乡父老所倚重，而成为众人的榜样。

【赏析】

每个人的天生资质是不同的，有的天生聪明，有的天生愚钝，更多的是资质平常的人。但无论资质如何，刻苦钻研的精神和正确的学习方法才是治学的关键所在。勤能补拙，即使再愚钝，只要能抱着持之以恒、勤奋努力的态度与精神去学习，最终也会学有所成的。忠厚，是做人的根本。一个人无法选择自己的出身，但却可以选择自己将来要走的道路。老成谨慎，小心行事，扎实稳当，人生道路的每个脚步都是踏实的，最终也会受人敬仰的。

乡愿尽盗德　鄙夫不知德

【原文】

孔子何以恶乡愿，只为他似忠似廉，无非假面孔；
孔子何以弃鄙夫，只因他患得患失，尽是俗心肠。

【译文】

孔夫子为什么厌恶“乡愿”呢？是因其表面看来忠厚廉洁，而其内心并不如此，这种人虚伪矫饰，以假面示人；孔夫子为什么厌弃“鄙夫”呢？是因其凡事不知从大体着想，只为个人利益斤斤计较，是不知人生精神内涵的俗物。

孔 子

【赏析】

中华民族的伟大圣儒先师孔子曾批评了乡愿和鄙夫两种人。文中作者两次提起，意在警示与提醒大家。所谓乡愿，往往掩藏着自己歹毒之心，暗算之行，把自己打扮成忠廉之士，当面一套，背后一套，往往令人迷惑，防不胜防。鄙夫却不明礼义，以自我为中心，时时处处为我着想，这样的人于国、于民，都无益。这两种人古人对之厌弃，今人更应加以厌弃。

精明得意短　朴实福泽长

【原文】

打算精明，自谓得计，然败祖父之家声者，必此人也；朴实浑厚，初无甚奇，然培子孙之元气者，必此人也。

【译文】

凡事都斤斤计较，毫不吃亏的人，自以为得计，但是败坏祖宗门风的，必定是这种人。诚实俭朴而又敦厚待人的人，始则虽然不见有什么奇特的表现，但使子孙能有一种纯厚之气、历久不衰的，必定是这种人。

【赏析】

世上有一些人，精心为自己打算，一丝一毫都要算计别人。他所得到的一切利益都是来自于别人的损失，他的幸福来自于他人的痛苦，这实际上是利欲熏心，唯利是图的小人。这种人必将失去人心、遭人唾骂、有损祖上门风。与之相反，那些平凡、质朴、淳厚、踏实的人，在困难险阻面前不妥协，积极进取，最终能够成家、立业、兴世。这种人才是一个团体、一个国家真正的栋梁。

明辨是非方能决断　不忘廉耻身自高洁

【原文】

心能辨事非，处事方能决断；人不忘廉耻，立身自不卑污。

【译文】

心中能辨别什么是对、什么是错，处理事情就能毫不犹豫；人能不忘廉耻之心，为人处世就不会做出卑鄙污浊的事情。

【赏析】

社会是复杂的，许多事情并不是一眼便能看个明白的。许多事物都是似是而非，似好而坏的，这就增加了处理事务的难度。如果你再缺乏辨别真伪的能力，不能把握事物的本质规律，缺乏果断干练的作风，便会经常贻误时机，无法处理好事情。

自知之明对一个人是非常可贵的。人非圣贤，人世间的事情总会有对有错的，如果我们能做到时刻扪心自问，警醒自己，改正错误，发挥优点，认清自我，就能坦然面对生活。

明辨愚和假　识破奸恶人

【原文】

忠有愚忠，孝有愚孝，可知忠孝二字，不是伶俐人做得来；仁有假仁，义有假义，可知仁义两途，不无奸恶人藏其内。

【译文】

有一种忠心被人视为愚行，就是“愚忠”；有一种孝行被人视为愚行，就是“愚孝”。由此可知，“忠”、“孝”两字，太过聪明的人是做不来的。同样，“仁”、“义”行为之中，也有虚伪的“假仁”、“假义”。由此可知，在常人所说的仁义之士中，不见得没有奸险狡诈的人。

【赏析】

忠孝仁义，一向被儒家思想所提倡、所重视。作为一种道德规范，也被现代人所倡导。忠孝仁义是以至善至美为目标的，是以真诚为基础的，是发自人心底的。这才是它的本质。但有的人过于精明，把主意打到忠孝仁义之上，打着忠孝的旗号，借助仁义的美名，做一些利己的事情，骗取别人的信任与尊重，甚至进行些阴恶歹毒之事。但最终，这些虚假的仁义道德是隐瞒不住的，伪善面具下的丑恶嘴脸终究会暴露在人们面前的。这样不仅伤害了别人的感情，也败坏了自己的名誉，应当引以为戒。

权势之途如烟如云　奸邪之辈谨神谨鬼

【原文】

权势之途，虽至亲亦作威福，岂知烟云过眼，已立见其消亡；奸邪之辈，即平地亦起风波，岂知鬼神有灵，不肯听其颠倒。

【译文】

有权有势的人，虽然在至亲好友面前，也要卖弄权势，作威作福；又哪里知道权势之不能长久，就像烟消云散一般容易。奸险邪恶之徒，即使在太平无事的日子里，也会兴风作浪，为非作歹，又哪里知道天地间有鬼神默佑，邪恶的行径终归要失败。

【赏析】

古往今来，人们都希望自己多一些有权有势的至亲好友。但是对那些有权有势的至亲好友，我们也要用一双明亮的慧眼仔细观察，进行一番仔细分析，才能看清他是君子还是小人。君子得势，道义自持；小人得势，则会盛气凌人。君子可交，小人则万万不可交。即使你有心结交，则也会六亲不认，于你则是自找其辱。小人因无法得到他人的支持，最终也会四面楚歌，众叛亲离。同样，那些心狠手辣、到处惹是生非、丧尽天良的奸邪之人也终将多行不义必自毙。

不为富贵而动　时以忠孝为行

【原文】

自家宝贵，不着意思，人家宝贵，不着眼里，此是何等胸襟；古人忠孝，不离心头，今人忠孝，不离口头，此是何等志量。

【译文】

自身富贵显达，并不将它放在心上而去显示一番；别人富贵显达，也不将它放在眼里而生嫉妒之心，这要何等的胸怀、气度才能做到！古代的人，常将忠孝二字放在心上，不敢忘记实践；现在的人，虽不如古人那么敬谨，却也对他人的忠孝行为加以称道，时常提倡，这又要何等的抱负、度量才能实行！

【赏析】

古往今来，多少人对富贵趋之若骛？多少人又为富贵而身败名裂？生前惨淡经营，不遗余力。自己一旦富贵便拼命四处显露，拼豪抖富。别人富贵了，便心生嫉妒或趋炎附势，甚至起歹心。但他们岂不知，一个人的价值在于内在道德修养和外在言语行为的统一，而不在于金钱的多少，权势的高低。

忠孝是我国的传统美德，也可作为我们应当恪守的行为规范。古代仁人志士的忠孝事迹我们应当牢记在心，并把他们作为自己的榜样，在以身作则的同时再大力宣传，这样可以更好地净化社会风气。

物命可惜不杀生　人心可回不责过

【原文】

王者不令人放生，而无故却不杀生，则物命可惜也；圣人不责人无过，唯多方诱之改过，庶人心可回也。

【译文】

为君王的，虽不至于下令多多放生，但也不会无缘无故地滥杀生灵，这样至少可以教人爱惜生物；作圣人的，并不要求人们一定不犯错误，而只以各种方式引导人们改正错误行为，这样才能使人心由恶转善、改邪归正。

【赏析】

对一个人来说，最宝贵的莫过于生命。对生命的重视与轻视，可以看出执政天子的贤与愚。以杀生为乐，涂炭生灵，把生命当儿戏的君主，在中国历史上有很多，他们最终都落个身败名裂、国破家亡的结局。而那些爱民如子的君王则能使国富民强，开创一代伟业。

我们常说：人非圣贤，孰能无过。对待那些犯错误的人，我们应该用一颗包容之心，对他给予理解和支持，给予他帮助，使他们能知错改过，这样才是正人心的正确方法。

不论祸福而处事　平正精详为立言

【原文】

大丈夫处事，论是非，不论祸福；士君子立言，贵平正，尤贵精详。

【译文】

有志之人处理事情，只问如何做是对的，不问这样做对自己是祸是福；读书人著书立说，重要的是立论公平正直，若能进一步精要详尽，那就更可贵了。

【赏析】

对一些事物，我们之所以迷惑，不能看见其是非，是因为我们内心的天平发生了倾斜，不再保持有一颗公正之心。做事之时，也只是考虑自己的利害来办，说违心的话，办违心的事。这些人相对那些为真理、为正义而积极奋斗，不畏谣言，不畏蒙冤，不畏牺牲的仁人志士来说，只能自惭形秽罢了，那些仁人志士必将永垂不朽！

实事求是，公正客观是著书立说的第一要义。如果稍有偏颇，必将歪曲历史，误导众人，这是不可取的。但如果在公正的基础上做到详细，那就更为珍贵了。

不求空读　而要务实

【原文】

存科名之心者，未必有琴书之乐；讲性命之学者，不可无经济之才。

【译文】

存着追求功名利禄之心的人，无法享受到琴棋书画的乐趣；讲求生命学问的人，不能没有经世济民的才学。

【赏析】

成名、立业，多少人为之疯狂，多少人为之奔忙？又有多少人为之失去了清闲与道德？他们失去了生活的兴趣和乐趣，一生一世都在忙忙碌碌。红尘之中，只见匆匆而过的身影，而看不见有谁能静坐下来品一杯茶，读一本书。

形而上，是古人对生命追求的最高境界。其实，与其大谈玄道，追求形而上，不如勇敢地面对人生，脚踏实地，躬行实践，为人生创造更多的价值，只有体味到生命的真谛，才是生命的真正境界。

遇事勿躁　淡然处之

【原文】

泼妇之啼哭怒骂，伎俩要亦无多，唯静而镇之，则自止矣；谗人之簸弄挑唆，情形虽若甚迫，苟淡而置之，是自消矣。

【译文】

蛮横不讲理的妇人，任她哭闹叫骂，也不过那些花样，只要镇静处之，不去理会，便自觉没趣而后终止。搬弄是非、挑拨离间的小人，不断以言辞相侵害，甚至被他逼得走投无路了，但如不予理睬，听而不闻，他也会自然作罢。

【赏析】

一个男人，如果娶了一个泼妇做老婆，不光对于他自己，而且对于他的四邻都是一个不幸。

擅长骂街，遇到事情一点体统没有，只会吵闹，搅得四邻不安，人们都会十分讨厌。若与其计较，她便撒泼更甚，更为得意。对付这种人的办法其实很简单，只要你神态自若，如同无事，把她的吵闹当成鸟叫，她便自觉无趣，闭嘴不谈了。与泼妇相比，更可恶的是那些搬弄是非的小人了，他们到处捕风捉影，当面一套，背后一套，他们的口舌本领比泼妇更高，伤人伤得更加严重。但如果能够采取淡然处之的态度，行得正，走得端，小人之言自然不足为惧。

救人于危难　脱身于牢笼

【原文】

肯救人坑坎中，便是活菩萨；能脱身牢笼外，便是大英雄。

【译文】

肯尽心尽力救助陷于苦难中的人，便如同菩萨再世；能不受社会人情的束缚、超然于世俗之外的人，便可称之为杰出的人。

【赏析】

人生之路，漫长而坎坷，不期而遇的险境往往会令人手足无措，往往希望菩萨前来解救。菩萨只是虚幻的人物，在现实中是没有的，但具有菩萨心肠的人却还是有的，他们往往把别人的灾难当成自己的灾难，把别人的痛苦当成自己的痛苦，雪中送炭，救人于危难之中，这样的人，便是可拜的活菩萨。

人生之路的坎坷，是因为有许多艰难困苦，另外还有许多琐事的束缚，这些枷锁包括传统观念、人情纠葛以及自己的一些偏执观念等等。一个人如果有勇气、有能力摆脱这些枷锁，他无疑将成为一个杰出的人。

待人要平和 讲话勿刻薄

【原文】

气性乖张，多是夭亡之子；语言深刻，终为薄福之人。

【译文】

脾气性情乖僻、执拗的人，多半是短命之人；言谈话语过于尖刻的人，断定没有什么福分。

【赏析】

心平气和，性情温和，这种性格的人不但招人喜欢，而且还会与周围的人建立良好的社会关系。这样的性格，不但对培养人们的气度和修养有利，而且能使人心宽体健，延年益寿。如果一个人的脾气性情怪僻、执拗或粗暴，时而激动、暴怒，时而忧郁、悲观，长时间处于这种心理状态，对人的身体是十分有害。

另外还有一些人，说话十分尖酸刻薄，对小事斤斤计较，怀疑别人，嫉妒别人，整日地去考虑利害得失，他们的内心怎么能有安逸的片刻？他们又怎么会有福气可言呢？

千里之途 始于足下

【原文】

志不可不高，志不高，则同流合污，无足有为矣；心不可太大，心太大，则舍近图远，难期有成矣。

【译文】

一个人的志气，不能不高。如果志气不高，就容易为不良环境所影响，不可能有什么大作为；一个人的野心不可太大。如果野心太大，便会舍弃切近可行的事情，而去追逐远不可达的目标，也很难有什么成就。

【赏析】

人若有所作为，首先必须要立志，而且必须立远大的志向。如果一个人的志向不远大或志气不高，那么这和没有追求是没什么两样的。失去了追求的目标，那么这个人必然就失去了前进的动力，整天得过且过，碌碌无为，自己的生命也就这样一天天地虚度了。这种既无原则可守，又无所作为的人和那些庸俗低下的小人又有什么区别呢？

人要有远大的志向，但不可有太大的野心。如果心太大，就必然会有一些不切实际的想法，或盲目从事，或追求速度，这对自己的事业都是无益的。

贫贱不能移　富贵要济世

【原文】

贫贱非辱，贫贱而谄求于人者为辱；富贵非荣，富贵而利济于世者为荣。讲大经纶，只是实实落落；有真学问，决不怪怪奇奇。

【译文】

贫穷与地位卑下，并不是可耻的事；可耻的是因贫穷卑下而去谄媚奉承别人，以求得卑微的施舍。富贵也不是什么光荣的事，光荣的是富贵而能够帮助他人，有利于世。讲经世治国之道，必然明白实在；真正有学问，决不会高谈怪诞不经的言论。

【赏析】

贫穷、富贵，是社会中很正常的现象。所以，身处贫困、地位低下并不是可耻的、见不得人的事情。天生如此，自然就应该坦然待之。坚持操守，坚持志向，不坠其心，化困境为动力，用艰难困苦磨炼自己的意志，这样终究会成就一番事业的。如果你以贫贱低下为耻，而又要巴结富豪以求施舍，即使这种人能够实现大富大贵的梦想也将受人唾弃。反之，那些金钱万贯或身居高位的人，如果骄奢淫逸，鄙视贫困之人，不肯施舍以救民众困难，那么这种富贵不值得炫耀，这种人必遭大祸临身。

敦伦者即物穷理　为士者顾名思义

【原文】

古人比父子为桥梓，比兄弟为花萼，比朋友为芝兰，敦伦者，当即物穷理也；今日称诸生曰秀才，称贡生曰明经，称举人曰孝廉，为士者，当顾名思义也。

【译文】

古代的人，把父子比喻为乔木和梓木，把兄弟比喻为花与萼，把朋友比喻为芝兰香草，因此，有心敦睦人伦的人，由天下万物之理推见世间人伦之理；现在的人，称读书人为秀才，称荐入太学的人为明经，称举人为孝廉。因此，读书人应明白这些称呼的内涵。

【赏析】

自然界的万事万物正好对应着人世间的人伦之理。高高的乔木下面伏着梓木，这正是人世间父子关系的写照。同根而生，相互依存的花与萼，正是人世间相互扶持、和睦相处的兄弟之情的写照。患难与共，这不正像朋友的情谊一般么？父子、兄弟、朋友这三种关系一直都被古往今来的人们所重视。对不同的人有不同的称呼，不同的称呼当中又包含着对其的期望、责任和使命。每个人都应当知书达理、清廉公正、身体力行，无愧于这一高尚的称呼。

以身作则教子弟 平气静心处小人

【原文】

父兄有善行，子弟学之或不肖；父兄有恶行，子弟学之则无不肖。可知父兄教子弟，必正其身以率之，无庸徒事言词也。君子有过行，小人嫉之不能容；君子无过行，小人嫉之亦不能容。可知君子处小人，必平其气以待之，不可稍形激切也。

【译文】

长辈有好的行为，晚辈可能学不像、比不上；但如长辈有不好的行为，则晚辈倒是一学就会，没有不像的。由此可知，长辈教育晚辈，定要先端正自己的行为以引导他们，不能只是在言词上下功夫而不以身作则。有道德的人行为稍有偏失之处，那些无德之辈，由于嫉妒而不能容忍，便群起攻之，但是有德之人即使不犯过失，小人也不见得就能容忍。由此可知，有道德的君子与无道德的小人相处，一定要平心静气，不可有任何急切言行。

【赏析】

流水往下流容易而上流却困难。这就如同人的本性一样，学坏容易而学好却十分困难。修德如爬上，父兄的善行如在山上，自己未必可以爬上去，学习如逆水行舟，不前进必然后退。修德和学习如此之难，但如有父兄为表率尚可以为其以身作则，对子弟的学有所成能起到促进作用。

嫉妒君子，是小人的本性。君子的一举一动，小人看着都十分刺眼，如果稍有一些小小失误，必将被小人无端夸大，到处宣传、渲染。对这种人、这种事，一方面君子要谨言慎行不给小人抓住口实，另一方面要心平气和地对待，那么小人之计必然会失败。

守身思父母　创业虑子孙

【原文】

守身不敢妄为，恐贻羞于父母；创业还须深虑，恐贻害于子孙。

【译文】

一个人洁身自爱而不敢胡作非为，是怕自己的不良行为会使父母蒙羞；开始创业之时，更要深思熟虑，仔细选择，以免将来危害到子孙。

【赏析】

即使一个普通人，如果言行不谨，也会被邻里乡亲所讥笑。更不用说那些权势之人，一人荣全家皆荣，一人耻则全家皆耻，所以更应该谨言慎行。那些在历史上留下骂名的人，他们在危害社会、扰乱民众的时候，一定没有想到若干年后将会给生他养他的父母蒙上奇耻大辱，给他的家门带来骂名。所以我们要洁身自好，做每一件事之前要想一想会不会使家门蒙羞。开创事业是困难的，在创业之前，一定要仔细考虑，自己的事业会不会贻害子孙。若子孙会因之受到伤害，事业再大又有何益呢？

待人不可势利　习业万勿粗心

【原文】

无论做何等人，总不可有势利气；无论习何等业，总不可有粗浮心。

【译文】

不论做哪一种人，重要的是不可有嫌贫爱富，以财势度人的习气；不论从事哪一种事业，总不可有粗浮轻率的心思。

【赏析】

人虽说是平等的，但却有富贵贫贱之分。一些势利小人，对富贵垂涎三尺，对富贵者低三下四，卑躬屈膝，一副奴颜媚态；而对贫贱之人，则趾高气扬，自高自大。地位、财富、势力这些东西在他们眼里远远重于亲情和友情。这样的人，不能正确认识到人生的真正价值，也无法认识到自己的尊严最终将会被别人所轻视。行业分三百六十种，从事各种行业的方法不同。但是如果一个人从事某种行业时粗心大意，不以为然，那么他最终也会一事无成。

莫夜郎自大　要奋发图强

【原文】

知道自家是何等身份，则不敢虚骄矣；想到他日是那样下场，则可以发愤矣。

【译文】

明白自己具有的内涵，就不敢妄自尊大；想到贪图安逸则后果惨淡，就该振作精神，努力奋发。

【赏析】

夜郎本是一个区区小国，而国王却自以为其很大而与汉朝疆土相比，真是让人忍俊不禁。而偏偏有些人也是这样，丝毫没有自知之明，有些小才能，就自以为了不起，就开始傲慢无礼。其实，无论你是真有才能还是有些雕虫小技，都要相信强中更有强中手，能清楚地看到自己所处的位置，放下轻狂，弥补缺陷充实自我，这样才是明智的。

古人为我们提供了许多宝贵经验，让我们有所借鉴。奸臣走狗，乱党贼子，或者一些少不努力，老无所为的人，其悲惨下场和凄凉结局都给我们以警醒，提醒着我们要不断激励自己，努力完成自己的事业。

吃一堑长一智　莫到江心补漏

【原文】

常人突遭祸患，可决其再兴，心动于警励也；大家渐及消亡，难期其复振，势成于因循也。

【译文】

一个平常人，如果突然遭受灾祸忧患的打击，一定可以重整旗鼓，因为突来的祸患使之产生警戒心与激励心；但是，如果一群人、一个团体逐渐衰败，就很难指望会重新振作起来，因为墨守成规的习性已经养成，难以改变了。

【赏析】

一个普通人在突来的灾祸面前会显得束手无策，但事情过后，很少有经不起打击的人。人们往往会因为受过挫折的刺激而变得更加努力，时刻警醒着自己无论做什么事都要谨慎，对可能发生的不测时时做着预防，生怕会重踵覆辙。如此这样的奋发进取和迎难而上必将使他取得非凡的业绩。

但对于一个大家庭、一个团体甚至一个国家就不一样了。如果它们一旦日趋衰弱，逐渐败亡，想要将其挽救是相当困难的。因为它们衰弱的原因，来自于日积月累的各种弊端和陈规陋习。对已发生的危机视而不见，等到家将败、国将亡时才有所警觉，这时已为时太晚了。树立忧患意识，时刻保持清醒的头脑，居安思危，这样才能兴家立国。

寿有尽时天无尽　富贵有定学无定

【原文】

天地无穷期，生命则有穷期，去一日，便少一日；富贵有定数，学问则无定数，求一分，便得一分。

【译文】

天地永存，无穷无尽，然而人的生命有限，只要逝去一天，生命就减少一天；人的荣华富贵乃命运注定，然而学问则不如此，只要用功一分，知识便增长一分。

【赏析】

天地可以永久地存在，而人的生命却不能，这也就使生命显得更加宝贵。光阴如水，岁月如梭，日月星辰，东升西落，时间就这样匆匆而过。这多么令人感伤啊！回想过去的岁月，我都干了什么，我又留下了什么？我又给予了什么？我又收获了什么？在不能延长的生命中，我们只有勤奋努力，而不能蹉跎岁月，悔恨终生。一个人生命的价值，不在于拥有显赫的家世、尊贵的地位、万贯的家财；而在于对知识、理想、人格、道德的追求。知识是无尽的，一个人只有不断地学习，才能达到至善的境界，才能体会到生命的价值。

做事要问心无愧　创业需量力而行

【原文】

处事有何定凭，但求此心过得去；立业无论大小，总要此身做得来。

【译文】

做任何事，是好是坏并没有一定的凭据，只求问心无愧。创立事业，是大是小并没有一定的标准，重要的是量力而行。

【赏析】

一件事，往往由于人的立场不同，而对它的看法也不同。一个人所办理的事情，别人总会有不同的评说，使大家都满意的事情是几乎不可能办到的。有时候你呕心沥血、竭尽所能办理的事情最终也只落个毁誉参半的评价。既然讨好每个人是不可能的，我们又何必再顾虑重重，以至于失去自信、失去自我，煞费苦心地去寻找完美的方案呢？世界上再没有比良心更宝贵的东西了。事业、财富都会随风而去，只有良心能够永存人间。无论做什么事，只要我们能够扪心自问而无愧于良心就足够了。

创业，并非简单的事情。选择创业，志向、勇气都是重要的，但最重要的是对自己、对本行业有一个清醒的认识，能够做到量力而行。事业无大小，只要你努力付出了，对人类作出贡献了，就是令人瞩目的成绩。

作文做人要平正　人品心术勿矫饰

【原文】

气性不和平，则文章事功，俱无足取；语言多矫饰，则人品心术，尽属可疑。

【译文】

一个人如果不能平心静气地待人处事，那么就可以断定他在学问、事业上，都不可能有什么值得效法之处；一个人如果言语虚伪不实，那么他的人品心性也都令人怀疑。

【赏析】

“文如其人”这话是有道理的。如果一个人心胸豁达、品性正直、心平气静，那么他的文章也必然立意高远，见地深刻。如果一个人的脾气不平和，尖酸刻薄、泼辣恶毒、莽撞粗劣，那么他的文章或充满邪恶之气或不堪入目。文章正是他们本质的显现。文章如此，行事也如此，事业更是如此。如果一个人心态不平和，不执着专注，没有持之以恒的精神，那么他怎么可以专心行事，成就一番事业呢？

“言为心声”，一个人的言谈举止，恰恰反映了这个人的思想品味。一个人如果老是鼓吹自己学识多么多么高深，品格多么多么高尚，心境多么多么恬淡的话，这些都是值得怀疑的。因为人品高尚、淡泊名利的人是不会到处宣传自己的。遇到这些人时，要多几分疑问，防止被其言语所蒙蔽。

多读有益书　少交无益友

【原文】

误用聪明，何苦一生守拙；滥交朋友，不如终日读书。

【译文】

聪明用错了地方，不如一辈子谨守愚拙；随便结交朋友，不如整天闭门读书。

【赏析】

人都希望聪明，聪明可以明辨是非，聪明可以通达事理，聪明可以作为不凡。但如果处处都用聪明，把聪明用错了地方，这样就聪明反被聪明误了，最终把自己祸害了。这样的人在历史上为数不少。与其如此，不如“傻”一点，只要方向确定，道路正确，依旧是可以到达成功的彼岸的。交好的朋友是人生的一大乐趣之一。好的朋友对你学习、修业，成才、成事都是有很大帮助的。

但是，交朋友也要分清人的良莠，不善交友，或滥交朋友，以至于身边都是品行低下的狐朋狗友之徒，这样对自己有百害而无一利。与其滥交朋友，不如把圣贤之书当成朋友，这也有助于自己的成长与立业。

放眼读书　立根做人

【原文】

看书须放开眼孔，做人要立定脚根。

【译文】

读书须放开眼界、舒展心胸，才能判断是非，接受新的观念。做人要站稳立场，把握原则，才能具有见地，而不随波逐流。

【赏析】

读书，是一件乐事，但如果真正想从中学到知识，明晓事理，也必须要用正确的态度和正确的方法。放开眼界，开阔心胸，是真正读书人应有的胸襟。偏狭、短浅的目光，只能看到书上的字，是看不到其中所讲的理的。或者，偏执认理，死守自己的一点拙见，不容书中出现与自己相左的观点，这样读书方法终究会收获甚微，读如不读。

社会纷繁复杂，五花八门，扑朔迷离，人也因此常常会被眼前的色彩所迷惑，不知如何选择。其实，在做人处事的时候，时刻坚定自己心中的信念，坚持原则，站稳立场，就不会使自己迷失在五彩缤纷的世界中。

持身贵严　处事贵谦

【原文】

严近乎矜，然严是正气，矜是乖气，故持身贵严，而不可矜；谦似乎谄，然谦是虚心，谄是媚心，故处世贵谦，而不可谄。

【译文】

庄重有时似是傲慢，然而庄重是正直之气所使然，傲慢却是一种乖僻的习气，所以律己要庄重而不要傲慢。谦虚有时似是谄媚，然而谦虚是待人有礼，谄媚却是讨好于人，所以处世应该谦虚而不可谄媚。

【赏析】

有些事物看起来很相似，但实际上还是有很大区别的。庄重和傲慢，往往会让人产生心理错觉。自己傲慢时，往往会给人摆出一副庄重的样子；而别人庄重时，自己却以为傲慢。实际上二者是有本质区别的。庄重的人，不自大狂妄，没有盛气凌人的姿态，会脚踏实地地做好一切事情；而傲慢之人，则蛮横骄纵，我行我素，目空一切，唯我独尊。所以聪明之人一眼就可以辨别出来。

谦虚有时会被人认为谄媚，谄媚有时会被当成谦虚，因为二者有一定的相似性。但谦虚是由内心发出的，言行一致，待人有礼，称赞也不夸夸其谈；而谄媚则是别有用心的，虚伪、造作、言行不一、表面称赞而背后陷害，这就是两者最大的区别。

财要善用　禄要无愧

【原文】

财不患其不得，患财得，而不能善用其财；禄不患其不来，患禄来，而不能无愧其禄。

【译文】

不要忧虑得不到钱财，只怕得到钱财不能好好地使用；不要忧虑官禄不来，只怕官禄降临而有愧于它。

【赏析】

“钱”永远是人们谈论的热门话题之一。钱之所得，钱之所用，都为人们所关心。为了得到钱财，行骗、盗窃、抢劫、贪污、受贿，种种行为必将受到人们的谴责，这些人也必将受到法律的制裁。若钱财为正当途径所得，要想让它给自己带来快乐，也要看如何来使用。花天酒地，奢侈浪费固然不对；过于吝啬，一毛不拔，甘当守财奴也是不可取的。前者败家丧身，害己害人；后者为财所累，钱如废纸。只有将钱用于有益民生、有益社会的方面才能发挥其作用。

当官之人，一向以人们的公仆自诩，他们应该知道，他们所拿的俸禄全部来自于老百姓，是老百姓辛辛苦苦挣来的血汗钱。如果这些公仆不为民作主，为民众谋福利，那将是昏官、是奸官，如此之人，又有何面目去面对供养他们的黎民百姓呢？一切以民为主，一切为了人民的利益，这样才能无愧于俸禄，无愧于心，无愧于人民的拥戴。

交朋友求益身心　教子弟重立品行

【原文】

交朋友增体面，不如交朋友益身心；教子弟求显荣，不如教子弟立品行。

【译文】

交朋友如果是为了增加面子，不如交一些有益身心的真正的朋友；教自己的孩子求得荣华富贵，不如教他们做人应有的品格、行为。

【赏析】

每个人身边都会有朋友，但由于每个人的交友目的不同，所以朋友的性质也有所不同。一些人交朋友，完全是为了自己的“面子”，所以他们尽交一些达官贵人或知名人士，逢人便会自夸一番，炫耀自己如何如何，借此抬高自己身价。这种人自以为很聪明，实际上是极其愚蠢的，因为交友贵在交心，这种人只交了一张皮而已。实际上真能交上一个或几个知心朋友，患难之时能够共同吃苦，闲下来可以谈古论今，这不仅是人生一大乐事，而且还能对自己的事业、人生有所帮助。

对子女的教育，古往今来都为人们所关注。祖辈留下的财产都是暂时的，要想获得真正的幸福，关键还要自己去拼搏、去争取。家长在教育时也要注意，要让他们去探求知识，去争取人格品德，而非去追求荣华富贵，否则最终他们将沦为庸人，庸庸碌碌地结束一生。

君子重忠信　小人徒心机

【原文】

君子存心，但凭忠信，而妇孺皆敬之如神，所以君子落得为君子；小人处世，尽设机关，而乡党皆避之若鬼，所以小人枉做了小人。

【译文】

君子做事，但求尽心尽力，忠诚信实，妇人小孩都对他极为敬重，所以，君子之为君子确不枉然。小人做事，到处设计，人人都对其退避三舍，因此，小人之为小人则白费心机。

【赏析】

君子与小人，永远是两个对立的群体。君子人品高尚，才学出众；而小人则品质卑劣，见识浅薄，对财富等令人生起欲望的东西，君子绝不会用不正当的手段去支取，而小人则可能无所不用去夺得。对贫穷等众人所厌恶的东西，君子绝不会用不正当的手段去摆脱它，而小人则不行；君子能守礼义，诚信待人，而小人却只顾眼前利益，苛求他人。也正因为以上种种的差别，君子赢得了大家的信任与尊重；小人则众叛亲离。君子最终将得到人们的鼎力帮助而成就一番事业；而那些斤斤计较、处处算计的小人却最终只能处处落空。

律己须严　待人从宽

【原文】

求个良心管我，留些余地处人。

【译文】

自己应有一颗良善之心，并且时时不违背它，留一些退路给别人，使别人也有容身之处。

【赏析】

社会纷繁，常常使我们那颗本属平静之心受到干扰。物质的引诱，偏见的误导，小人的挑拨，往往使自己的善心变成了偏心、妒心、贪心、邪心等。每到夜深人静的时候，我们常常对天呼喊：我的良心何时再归来啊！

天地之宽，总会有容人的地方。如果人心若小，则就不能容人了。每个人，犯错都是难免的，但只要能够认识到自己的错误，诚心悔过并改正过来，那也还是可以原谅的。对人不要求过于苛刻，要以慈悲为怀，为别人留一丝余地，也就是给自己留下了一个空间。换位想一下，如果犯错误的是自己，是否也希望如此呢？圣人心胸广阔，我们虽不能比，但可以向之看齐，用宽容之心，给人、给己都留一定空间。

一言可招大祸　一行可玷终身

【原文】

一言足以招大祸，故古人守口如瓶，惟恐其覆坠也；一行足以玷终身，故古人饬躬若璧，惟恐有瑕疵也。

【译文】

一句话就可以招来大祸，所以古人言谈十分谨慎，以免招来杀身毁家之灾；一件错事足以使一生清白受到污辱，所以古人守身如玉，惟恐做错事而使自己抱憾终身。

【赏析】

言与行古今之人皆很重视。因为言行是人心理的外在反映，是事情成败的直接因素，所以说一个人的言行不可不谨慎。话该讲时，一定要说，而且要切中要害不能少说，否则给人一种言犹未尽的感觉。该少讲时，一定要少说话，否则必会言多语失，祸从口出了。沉默，有时也不失为一种明智的选择。同时，把说话当成一种艺术，把握好言谈的时间、对象、地点等，这样才让语言发挥出其巨大的威力。

一个人一生行事光明磊落，为人清清白白，如果因为一点小小的过失而让自己沾上污点，真如白壁上的一个小小的瑕疵一般，那就太不值得了。小心的同时，也不能过于拘谨而固步自封。仔细考虑，在小事上也能一丝不苟，这样才能成就一番大业。

处横逆而不校　守贫穷而坐弦

【原文】

颜子之不较，孟子之自反，是贤人处横逆之方；子贡之无谄，原思之坐弦，是贤人守贫穷之法。

【译文】

遇到有人冒犯，颜渊不与人计较，孟子则自我反省，这是君子遭横逆时的自处之道；贫贱时，子贡不去阿谀富者，子思则依然弹琴自娱，这是君子处贫穷中的自守之法。

【赏析】

人的一生，不可能总是一帆风顺，困境厄运随时会出现。人之众多，所有人不可能都是通情达理、善良之辈，在生活中我们也难免会遇到一些蛮横、不讲道理的人，许多人往往都是怒形于色、郁结于心甚至暴跳如雷，拔剑而起，以怨报怨。这样的结果只能是自寻烦恼，让蛮横之人更为得意。遇到这种情况时，我们应向古贤学习，或不与之计较，一笑了之；或自我反省，看自己是不是有什么地方做错了。这样做来，就会使蛮横之人自觉无趣了。

颜回　（前 521—前 481），春秋末期鲁国人。字子渊，亦颜渊，孔子最得意弟子，被列为七十二贤之首。

如何对待贫困，也能显示出一个人的道德操守。贫困之人，若对达官显贵趋炎附势、阿谀奉承、溜须拍马的话，这样的人最终将遭到天下人耻笑。而古代一些贤人却能安守住贫困，或弹琴自乐；或读书向道。这些人最终都留下了千古美名，他们才是真正值得我们学习的榜样。

白云山岳皆文章　黄花松柏乃吾师

【原文】

观朱霞，悟其明丽；观白云，悟其卷舒；观山岳，悟其灵奇；观河海，悟其浩瀚，则俯仰间皆文章也。对绿竹得其虚心；对黄华得其晚节；对松柏得其本性；对芝兰得其幽芳，则游览处皆师友也。

【译文】

观赏红霞，领悟到它的明丽灿烂；观赏白云，领悟到它的卷舒自如；观赏山岳，领悟到它的灵秀峻拔；观赏大海，领悟到它的广大浩瀚。因此，只要用心体会，天地间无处不是好文章。面对绿竹，体认到待人应当虚心有礼；面对黄花，体认到处世应有高风亮节；面对松柏，体认到处逆境应当坚忍不拔；面对芝兰，体认到其品格应当芬芳幽远。因此，只要留意深思，游览处样样都是良师益友。

【赏析】

处处留心皆学问。只要我们能够用心，天地间的很多东西甚至一草一木、一花一石、白云山岳都是值得我们学习的。彩霞告诉我们：人生活在世上，应展现出自己最美好灿烂的生命。白云时而舒展，时而卷藏，我们应该从中懂得有为有守的道理。山岳让我们知道，要有自己的个性。浩瀚的江河湖海告诉我们要心胸开阔。我们从绿色的竹子中知道了要虚心。从菊花中懂得即使在晚年也要节操弥坚。从松柏中知道要坚忍不拔。从芝草兰花中知道人的品格一定要高洁。万事万物，自然有其存在的道理，只要用心，人们就能体会到人生的真谛。

行善人乐我亦乐　奸谋使坏徒自坏

【原文】

行善济人，人遂行以安全，即在我亦为快意；逞奸谋事，事难必其稳便，可惜他徒坏自心。

【译文】

帮助他人，他人因此而得以安逸保全，自己也会感到十分愉快；使用奸计，事情也未必就能稳当便利，只可惜他奸计不成，徒然怀有坏心肠。

【赏析】

做好事，对于受助者来说，是乐于接受的。而当你主动去帮助他人的时候，一定是怀着愉悦心情的，因此在帮助他人的同时自己的内心也得到了满足和快乐。算计别人，做损人利己的事，自己一定是怀着不安的心去做的，你的人格也因此变得卑下，在别人的防范下施行奸计，如同小偷那样心惊胆战，如果不能得逞则心机枉费；即使能够得逞一时，别人也会对你心存怨恨，说不定什么时候，别人也会想尽办法对你实行报复。到那时，真是既害人又害己。人生在世，应该保持一颗愉快的心，宽广的胸怀，多做善事，多做利人的事；少些卑下，少些报复，这样的人生才是健康的。

吉凶可鉴　细微宜防

【原文】

不镜于水，而镜于人，则吉凶可鉴也；不蹶于山，而蹶于垤，则细微宜防也。

【译文】

如果不以水为镜，而以人为镜来反照自己，那么，许多事情的吉凶祸福便可以明白了。没有在高山上跌倒，却在小土堆上跌倒了，可知，愈是细微末节愈要谨慎小心。

【赏析】

即使是圣人，也不能说通晓万事万物，更何况我们这些凡夫俗子呢？人的阅历和精力都是有限的，不可能做到事事躬亲，也不能对每件事都洞察入微，明了于心。所以，用他人的言行得失、经验教训来审视自己、衡量自己能使自己在人生的道路上避凶趋吉，远祸近利。

人生的道路，首先得选好方向，然后再一步一步地走。用心谨慎地走好每一步。在紧要关头，更要小心翼翼，如履薄冰，即使出现惊险，也往往会化险为夷的。在风平浪静的时候，也应该谨慎，不可麻痹大意、掉以轻心，居安思危、防微杜渐才是明智之举。

谨守规模无大错　但足衣食是小康

【原文】

凡事谨守规模，必不大错；一生但足衣食，便称小康。

【译文】

凡事只要谨慎持守一定的规则与模式，总不至于出什么大差错；一辈子只要衣食无忧，就算是自给自足的家境了。

【赏析】

天上地下，每一种事物都有自己的成长法则，都有自己的发展模式。顺天、顺道、顺自然是我们祖先一向所重视的一种守戍之道。任何事物，包括功名、事业都有一定规律来遵循。我们应该正确地去认识这些模式和规则存在的客观必然性，从中找出事物的内涵，摸清事物的本质和发展规律，则做一切事情都会比较顺利，做成功的可能性将会极大。

每个人都有欲望，其实有欲望是正常的，但欲望一旦超过了一定的界限，就会出现危险了。其实我们能在恬淡的物质生活中得到精神的康乐，那么就应该很满足了。

休争闲气　处事良方

【原文】

十分不耐烦，乃为人大病；一味学吃亏，是处事良方。

【译文】

为人处世不能忍受麻烦，是一个最大的缺点；任何事情都抱着一个吃亏的态度，便是处世的最好方法。

【赏析】

一个人，即使有远大的理想、伟大的抱负，但如果没有耐心，不能坚持不懈地为它而努力，这样终究难成大事。古往今来，不知有多少人在某一领域已有建树，已经触摸到成功的光环，却因没有耐心等待，最终功亏一篑。应该像愚公一样，认准一个方向，矢志不移，能吃苦，有耐性，才能成功。

吃亏，是每个人都不愿意的。为人处事之时，总是把自己放在首位，首先考虑自己是不是吃亏了。其实这种态度是不可取的。我们应该从大局出发，把大家的利益放在首位，只要能赢得整体的利益，即使自己吃一点亏，这样也是值得的。

读书自有乐　为善不邀名

【原文】

习读书之业，便当知读书之乐；存为善之心，不必邀为善之名。

【译文】

把读书当做终生事业的人，就应懂得从读书中得到乐趣；抱着做好事之心的人，不必刻意求得好人的名声。

【赏析】

孔子曾曰“知之者不如好之者，好之者不如乐之者”，自己乐于学习并从中得到乐趣，这是学习知识的最高境界。读书同样也是如此。古代一些人总是强调苦读，这其实是强调要下苦功夫，而如果你把读书当成一件苦差来做的话，终究是枯燥乏味的。乐于读书，并从中体会到乐趣，不但能得到知识，而且能陶冶性情，难道还有比这更好的么？

行善，目的是扶助他人，奉献爱心，但一些人却把行善当成了成名、树名的工具，目的是为了达到自己某种利益。这类人是要遭人唾弃的，那些把自己心中固有的善念扩充为善行的人，即使他们的名字没有被人所知，人们也会永远记住他们的。

知昨日之非　取世人之长

【原文】

知往日所行之非，则学日进矣；见世人可取者多，则德日进矣。

【译文】

知道自己过去做得不对的地方，那么学问就能日益充实；看到他人可以学习之处很多，那么德业就能日益增进。

【赏析】

“金无足赤，人无完人”，在人生命的旅途中，不可能不犯错误。其实，有过错误并不可怕，可怕的是没有认识到自己的错误，不能改过自己的错误，甚至一错再错。古人云“人贵在有自知之明”，所谓自知之明，其中也包括了自己对自己所犯错误的认识，能够及时吸取教训，不在同一个地方第二次摔倒。同时，对过去的不足有了深刻认识之后，也会产生前进的动力，努力学习，不断完善自己，使自己有更大的进步。

一个人要想进步，其中最好的方法就是从周围的人那里吸取长处。每个人都既有长处，又有短处，我们应该善于从别人那里吸取优点，这样既可以改正自己的缺点，又可以使自己日渐提高。

敬人即是敬己　靠己胜于靠人

【原文】

敬他人，即是敬自己；靠自己，胜于靠他人。

【译文】

敬重他人，便是敬重自己；依靠自己，胜于依靠其他人。

【赏析】

每个人都希望得到别人的尊重，但要赢得这样的待遇，自己也是必须要有所付出的。我们古代就流传着“礼尚往来”、“投桃报李”这样的说法，意思是，你想赢得别人的尊重，必须先要去尊重别人，也就是，敬了他人，也就是敬了自己。这个道理无论是放在个人、集体，还是国家都是适用的。

事情，最好是自己完成，如果依靠他人，没有自己亲自完成的好。依赖别人做的事情，符不符合自己的心意不说，总会使自己欠了别人的一份情意，使自己有一种负疚感。与其如此，还不如自己把事情办好，既可以满足自己的心意，又可以通过实践增长能力，还可以避免麻烦。

学长者待人之道　识君子修己之功

【原文】

见人善行，多方赞成；见人过举，多方提醒，此长者待人之道也。闻人誉言，加意奋勉；闻人谤语，加意警惕，此君子修己之功也。

【译文】

见到他人有善良的行为，应多多地赞扬；见到他人有错误的行为，应多多地提醒。这是年长者待人处世的道理。听到他人赞美自己的话，应该更加勤奋勉励；听到他人毁谤自己的话，应该更加注意自己的言行。这是有德之人修养自己的功夫。

【赏析】

岁月即是财富，年长者所经风雨、世情远远多于我们，是我们身边宝贵的财富。看到别人行善，则上前加以称赞鼓励，并帮助他完成。看到别人的不好行为，则从多方面去提醒、规劝、诱导。既能使善行得到表彰，使行善人能再接再厉，又能使过失得到规劝，犯错人可以改过过失，这就是年长者的风范，是值得我们学习的。

对于别人的赞扬，有些人会因此而飘飘然，更有甚者会不思进取。而君子却不是这样的，听到赞扬，会再接再厉，因为他们所追求的是实实在在的业绩，而不是别人的赞誉，因此有人批评甚至毁谤他时，他也会沉着对待，冷静分析，有则改之，无则加勉。所以，君子是我们所应学习的榜样。

奢侈悭吝俱可败家　庸愚精明都能覆事

【原文】

奢侈足以败家，悭吝亦足以败家。奢侈之败家，犹出常情，而悭吝之败家，必遭奇祸。庸愚足以覆事，精明亦足以覆事。庸愚之覆事，犹为小咎，而精明之覆事，必见大凶。

【译文】

奢侈足以使家道颓败，吝啬也会使家道颓败。奢侈而败家，有常理可循，往往可以预料，而吝啬之败家，则常是遭受意想不到的祸患。愚笨足以败坏事情，而过于精明也会败坏事情。愚笨之人坏事，常常是小的过失；而精明之人坏事，则往往酿成大祸。

【赏析】

过于奢侈，即使有万贯家财也可以败掉，这是众所周知、不用解释的道理。然而，悭吝也是可以败家的。吝啬就是过于看重自己的财物，不肯施一丝一毫给人，即使是在别人需要，哪怕到了火烧眉毛的时候也会一毛不拔。这种人，在自己需要帮助的时候，肯定也会“失道寡助”。而且吝啬往往会助长贪图小利的习惯，以致心胸狭窄，这样的人怎么能守住家业呢？

愚蠢、平庸之人办事办不成功，这是由于他们才疏学浅或能力有限，这并不值得大惊小怪。而精明之人，往往自恃自己的聪明，去承担一些重大的任务，如果一时疏忽，所导致的后果必然是严重的。

安分守成　不入下流

【原文】

种田人，改习尘市生涯，定为败路；读书人，干与衙门词讼，便入下流。

【译文】

种田的人，改做生意，定会遭到失败；读书的人，包打官司，品格便日趋低下。

【赏析】

长者在告诫晚辈的时候，往往让他们要安分守己，这既是长者自己的经验总结，也是对晚辈的希望。安分守己，就是恪守职责，坚守自己的岗位，干就干出个样子来，如果干着这一行想着另外一行，爬着这座山看着那座山，不断地换来换去，使每项事情都半途而废，这种人是干不出事业的。所以一切都要从实际出发，要量力而行，不能好高骛远。

不切实际地改行已经是愚昧之举了，而从上流改行为下流，更是愚昧了。读书人、知识分子，应该读圣贤书，要“明是非”、“辨义理”，如果参与那些是非，违背圣贤之教的类似诉讼的事情时，那就更愚昧了。

物质享受要知足　德业追求无止境

【原文】

常思某人境界不及我，某人命运不及我，则可以自足矣；常思某人德业胜于我，某人学问胜于我，则可以自惭矣。

【译文】

常想到有些人的环境不如自己，有些人的命运也不如自己，就应该知足。常想到某人的品德比自己高尚，某人的学问比自己渊博，就应该惭愧。

【赏析】

古人云："知足常乐"。这话虽有一定道理，但在有一些场合是不适用的。对于物质享受，我们应该知道，肉体的享受是暂时的，欲望是永无止境的，是永远得不到满足的。如果以使欲望得到满足为目的，那恐怕要一世劳苦了。对于物质享受一定要做到知足常乐。

与物质不同，对学问、德行等精神层面的追求却应做到永不知足。对精神生活的追求，既能提升我们的境界，又能升华我们的人格，丰富我们的知识。常常想某人的学识高于我，某人的德业胜于我，不妨以他们为榜样，每天鞭策自己，使我们的生活更有意义。

富贵效法公子荆　忠臣义士舍财命

【原文】

读《论语》公子荆一章，富者可以为法；读《论语》齐景公一章，贫者可以自兴。舍不得钱，不能为义士，舍不得命，不能为忠臣。

【译文】

读《论语·子路篇》公子荆那一章，可以让富有的人效法；读《论语·季氏篇》齐景公那一章，可以让贫穷的人奋起。如果舍不得金钱，就不可能成为义士，舍不得性命，就不可能成为忠臣。

【赏析】

公子荆还在贫困之时，说金钱已经够用了，表示对财富的知足；等到富有了，就说“已经完美无缺憾”了。他既能安贫，又能安富，在心境上永远都恬淡平和，这是富有人家所应学习和效仿的。齐景公在贫困之时也能奋发进取，他也是一个可以效法的对象。

对待财富，我们应该保持一颗平常心，辛勤劳动，奋发图强，这才是最重要的。被人称颂的人，一定是取舍有度的人。如果舍不得钱财，则不能被称之为义士；不能舍生而取义，则不能称之为忠臣。自古事业、功名都没有完美的，它们的建立都是在舍取中成就的。

富贵必要谦恭　衣禄务需俭致

【原文】

富贵易生祸端，必忠厚谦恭，方无大患；衣禄原有定数，必节俭简省，乃可久延。

【译文】

富贵容易招来祸患，一定要诚恳宽厚地待人，谦逊恭敬地自处，才不致发生灾难。人一生福禄都有定数，一定要节用俭省，才能长久延续。

阮籍　(210–263) 三国魏文学家、思想家。字嗣宗。陈留尉氏(今属河南)人　。与嵇康齐名，为“竹林七贤”之一。

【赏析】

富贵和祸害本无必然关系，如果追求富贵等于追求祸害，那么谁还敢去追求富贵呢？富贵生祸，其根本原因在于富贵之人，大多是“为富不仁”之人，他们倚仗富贵，作威作福，这样必然会招致灾祸。如果不仅富有，而且自尊、自立、自强，不凌视他人，这样才是真正的富贵。

勤俭，是致富的法宝。勤能生财，俭能守财。如果能用俭朴来维持富有，戒禁奢华浪费，并常怀怜悯之心救济世人，这样才可以使富贵长久。

善有善报　恶有恶报

【原文】

做善降祥，不善降殃，可见尘世之间，已分天堂地狱；人同此心，心同此理，可知庸愚之辈，不隔圣域贤关。

【译文】

做好事得到好报，做恶事得到恶报。由此可见，人间已有天堂地狱之分了。人心是相同的，心理也是相通的。由此可知，愚笨平庸的人并未被拒之于圣贤境界之外。

【赏析】

因果报应这种说法，古人一向是信奉的。一个人做了善事，老天会对他的善行作奖励或福及子孙。一个人做了恶事，那么上天也将会对他进行惩罚。一个人死后是升入天堂还是堕入地狱，都与他生前是否作恶有关。在今人看来，一个人行善之后，就会觉得心情愉悦，心安理得，而且还会受到别人的尊重。

而一个人做了恶事，精神就会受到压抑，心理恐惧，忐忑不安，心神不定，甚至受到法律的制裁。无论古人今人都是提倡行善的，还是多做善事为好。

每个人的心都是相同的，理性也是相通的，这是不分圣愚贫富的。即使一个人再平庸、愚钝，也是有可能达到圣贤的境界的。

和平处事　正直居心

【原文】

和平处事，勿矫俗以为高；正直居心，勿设机以为智。

【译文】

为人处事要心平气和，不要违背习俗，自命清高；平日存心要公正刚直，不要设置机巧，自作聪明。

【赏析】

共同的兴趣和爱好，能和大家较快地融为一体，能够轻易地得到大家的认可，赢得良好的口碑和声誉。如果自命清高，故意显露自己，显示自己的与众不同，这样做只能会事与愿违。经验告诉我们，只有保持一颗平常心，只有顺从民意，只有顺应历史潮流，这样才是正确的方向。

平易近人是为人处世的方法，同时光明磊落，公正严明更是我们应该坚持的原则。为躲避灾难或追求不义之财，使用阴谋手段，用虚伪狡诈的方法来对待他人，这最终是一条通向地狱的不归之路。有人偏以为这是聪明，到处炫耀、标榜自己，把别人都看成庸人，这种人最终会自食其恶果的。

君子以名教为乐　圣人以悲悯为心

【原文】

君子以名教为乐，岂如嵇阮之逾闲；圣人以悲悯为心，不敢沮溺之忘世。

【译文】

读书人应以研习圣人之教为乐事，怎能像嵇康、阮籍那样，逾越规范，放浪形骸？圣人应有悲天悯人之胸怀，关心民生疾苦，怎能像长沮、桀溺那样，消极避世，不问民瘼？

【赏析】

社会之所以称为社会，是因为有一种规定或规则把大家约束、联系在一起的，如果没有任何约束，那么人将陷入一盘散沙似的状态。嵇康、阮籍两人同属“竹林七贤”，同样都是懒散之人，他们崇尚自然清静、不拘礼法、蔑视名教，以此来反抗社会，这是不可取的，也不应被世人列为模仿对象。

长沮和桀溺是春秋时期的两名隐士，他们逃避现实，消极避世，这也是不可取的。人，应该以拯救社会、天下为己任，为国家贡献自己的力量，这样才能体现自己的价值。

勤俭安家久　孝悌家和谐

【原文】

纵容子孙偷安，其后必至耽酒色而败门庭；专教子孙谋利，其后必至争资财而伤骨肉。

【译文】

放纵子孙只图眼前逸乐，其子孙日后定会沉迷于酒色，败坏门风。专门教子孙急功近利，其子孙日后定会因争夺财产而彼此伤害。

【赏析】

望子成龙，望女成凤，是每个家长对孩子的期望。期望再美好，但如果教育不得当的话也不行。所以对子女应严加管教，若放纵子女胡作非为的话，必定会使他们染上社会上的不良风气，这样不仅会毁掉他们的前程，还会败坏祖上门风。

另外，在教育子孙时，应让他们把读书求知当成正道，教他们谋利也无可厚非，但不能把这当成唯一目标，而应重视道德的培养，否则将使子孙沦为势利小人，甚至会弄得兄弟相残，败害人伦。

忠厚足以兴业　勤俭足以兴家

【原文】

谨守父兄教条，沉实谦恭，便是醇潜子弟；不改祖宗成法，忠厚勤俭，定为悠久人家。

【译文】

谨慎遵守父兄教诲，待人笃实谦虚，就是敦厚子弟。不擅改祖宗遗训及处世方法，做到厚道勤朴，家道历久不衰。

【赏析】

古代人们认为，父兄应当是子弟学习的榜样，所以子弟要遵从父兄的教诲，这也是一种治家的思想。相对而言，父兄的阅历多，经验丰富，遵从父兄的教诲，既可以避免自己行为的鲁莽，又可以留下尊敬父兄的美名，这既是父辈教导幼辈的做人准则，又是很好的持家妙方。

勤俭既是我们中华民族的传统美德，又是养生活家的基础，还可以作为一种规范来让家庭成员遵守。勤俭，既可以积蓄金钱、粮食谷物用以持家，还能克服享乐主义和拜金主义的诱惑，对成家、立业、做人都是受益无穷的。

知莲朝开而暮合　悟草春荣而冬枯

【原文】

莲朝开而暮合，至不能合，则将落矣；富贵而无收敛意者，尚其鉴之。草春荣而冬枯，至于极枯，则又生矣；困穷而有振兴志者，亦如是也。

【译文】

莲花早晨开放，夜晚合起，到不能再合起时，就是要凋落的时候了；富贵而不知收敛的人，最好能以此为鉴。春天草木茂盛，冬天干枯，等枯萎到极处时，又到了再度发芽的春天了；身处穷困而有志奋起的人，也当以此自勉。

【赏析】

朝开暮合的莲花尚懂得收合有道，而世间的一些人却不知如此。人一定要克服放纵懒惰的心理，始终保持旺盛的活力、高昂的斗志、艰苦朴素的生活，懂得能收能放，这样才能摆脱昙花一现的美景。

草枯萎到极处，也正是到了又要发芽的时候。人难免会有身处困境的时候，在这个时候，千万不要灰心，不要丧失信心，应该勇敢地与命运作斗争，奋发图强，这样终究会有出头之日的。

自伐自矜必自伤　求仁求义求自身

【原文】

伐字从戈，矜字从矛，自伐自矜者，可为大戒；仁字从人，义(義)字从我，讲人讲义者，不必远求。

【译文】

伐字右边是“戈”，矜字左边是“矛”，戈、矛都是兵器，有杀伤之意。从这两个字，自我夸耀的人可以得到极大的戒惕。仁字旁边是“人”，义字下面是“我”，由此可见，要讲仁义，并不遥远，有人有我的地方即可实行。

【赏析】

谦虚，自古就是中华民族的美德。谦虚，不仅是良好道德修养的表现，也是立身处世之本。

那些骄纵自恃的人，高挺的胸膛就是别人攻击的目标。骄纵之人，目空一切，刚愎自用，心高气躁，自以为高人一等而乱摆架子，这样的人必然会因为不肯接纳别人的意见而导致失败，也必定会因别人的怨恨而招来祸害。

仁义，是中国古代思想的精华。仁义其实离我们并不遥远，就在我们眼前。从自身做起，常自省、自悟、不断充实自我，不断地改变自我，慢慢地也就达到了“仁”的境界。

贫寒也须苦读书　富贵不可忘稼穑

【原文】

家纵贫寒，也须留读书种子；人虽富贵，不可忘稼穑艰辛。

【译文】

纵使家境贫穷困苦，也要让子孙读书；虽是富贵人家，也不可忘记耕种的辛劳。

【赏析】

一个人的学问，一半来自平时的生活与实践，一半来自书本。读书，是人获取学问的主要途径之一。读书可以获取知识，可以明白事理，这样既可以改变自己的命运，也可以发挥自己的专长而为国家效力。所以，学习是每个人的权利，不论家境如何，人人都有责任来完成。艰苦奋斗、勤俭节约是中华民族的优良传统，这是每一个中华子孙都不能忘却和丢掉的。尤其是在物质文明高度发达的今天，很多人更容易在诱惑面前不能控制自己，迷失自我最终陷入泥泞的沼泽而害了自己。因此，我们更不能忘记我们的传家宝——勤俭节约，要世代地传下去。

勤俭蕴育廉洁　艰辛炼铸伟人

【原文】

俭可养廉，觉茅舍竹篱，自饶清趣；静能生悟，即鸟啼花落，都是化机。一生快活皆庸福，万种艰辛出伟人。

【译文】

勤俭可以培养廉洁的品性，即使住在竹篱围绕的茅屋，也有它清新的乐趣。寂静易于领悟天地间的道理，即使飞鸟鸣啼，花开花落，也都是造化的生机。一辈子过无忧无虑的日子，这只是常人的福分，历经千辛万苦，才能成就一个伟人。

【赏析】

生活俭朴，可以兴家立业，同时也可以陶冶性情。俭朴的作用，能使人在艰苦的环境中依然保持顽强的意志、开阔的胸襟。不会被外界的浮华所迷失，不会被红尘所束缚，不会被欲望所驱使，这样的人，在精神上已经得到了超脱，淡泊名利的心境可以使我们永远快乐。静，才会使我们体会到大千世界的玄妙，才会修养我们的身心，才可以培养我们高远的志向，才会体会到人生的快乐。

但是，只知快乐，整日无所作为，庸庸碌碌，这样只能算是一个庸人。只有拥有理想，经过艰苦的努力和奋斗，才能使我们成为一个伟大而又快乐的人。

存心方便即长者　虑事精详是能人

【原文】

济世，虑事精详，愚者也成能人，济世虽乏资财，而存心方便，即称长者；生资虽少智慧，而虑事精详，即是能人。

【译文】

虽然没有金钱财物周济世人，但是，只要处处给人方便，就是一位有德的长者。虽然天生资质不够聪明，但是，只要考虑事情精到细致，就是一个能干的人。

【赏析】

仗义疏财、周济世人这固然值得称道，但是人的需要往往并不只是对金钱、物质的需求，更需要在精神上得到帮助。钱财可能起到一时的功效，但能够使其自力更生，那更是有功德的事情。其实，我们不管给别人什么样的帮助，只要能怀着一颗助人之心就足够了。

人的天资是不同的，有聪明的，有愚蠢的。但无论属于哪一种，遇到事情之时一定要仔细考虑，全面分析，这样才不至于使事情失败，否则，即使是聪明之人，如果草率行事，最终总会有失手的时候。命运掌握在自己手中，只要认真考虑事情，也会是一个能干的人。

闲居常怀振卓心　交友多说切直话

【原文】

一室闲居，必常怀振卓心，才有生气同人聚处，须多说切直话，方见古风。

【译文】

悠闲居处之时，一定要怀着策励振奋的心志，才能葆有生动蓬勃的气象。与人相处之时，要多说切实而正直的话，才是古人处世的风范。

【赏析】

人生之路，难免会有孤单行走之时。人在闲散独居的时候难免会养成懒散、不知节制、消极的习惯。所以人应该常常提醒自己，经常激励自己，使自己不生懈怠之心，不可有心灰意冷之意。成功的人，大多作风严谨，不会容忍自己的每一个失误，尽管这样十分辛苦，但相对散漫而言，可以避免发生巨大的损失。

在我们与别人相处时，对自己的言行要注意，不要因为人不同而说的话就不同。无论说话还是做人，都要实在、正直，这样才能够交到好朋友，对自己受益更多。

有才若无有德若虚　富贵生骄奢淫败俗

【原文】

观周公之不骄不吝，有才何可自矜：观颜子之若无若虚，为学岂容自足。门户之衰，总由于子孙之骄惰，风俗之坏，多起于富贵之奢淫。

【译文】

周公制做礼乐，是周朝的圣人，但他却不因自己的才德，而对他人有骄傲、鄙吝之心。有才能的人，哪里可以自以为了不起呢？颜渊是孔子的得意门生，他却能"有才若无，有德若虚"，不断虚心学习。追求学问，哪里能够自以为满足呢？一个家庭的败落，总是由于子孙的骄傲怠惰；而社会风俗的败坏，多半因为人们过度的奢侈浮华。

周公 姓姬，名旦，亦称叔旦，周文王姬昌第四子。因封地在周（今陕西岐山北），故称周公或周公旦。

【赏析】

周公以德才而名扬后世，但他并没有骄傲的意思；孔子经常称赞颜渊，是因为他谦虚谨慎。古人的事迹无不告诉我们。人只有谦虚、不恃才傲物，才能博得众人的尊敬和爱戴。学习古人那种虚怀若谷的处世之德，才可以完善自身，取得更好的发展。

骄横懒惰、奢侈浮华永远是家庭败落的原因。不仅家庭如此，国家也如此。各朝各代的更迭，大多皆官员的贪污腐败所致。所以，无论家庭还是国家，无论是创业中，还是发展中，都应该以谦洁为本，严禁腐化。

凝浩然正气　法古今完人

【原文】

孝子忠臣，是天地正气所钟，鬼神亦为之呵护；圣经贤传，乃古今命脉所系，人物悉赖以栽成。

【译文】

孝子忠臣，都是天地间浩然正气凝聚而成，所以连鬼神都给以爱惜保护。圣贤的经书典籍，是从古至今维系社会人伦的命脉，所有忠臣、孝子、贤人、志士，都是靠熟读圣贤之书、效法圣贤作为，而成为伟人的。

【赏析】

为人一身浩然正气，则鬼神皆惧。并不是说真的有鬼神呵护或害怕，而是自己的正直，会使小人和奸佞之人望而却步，不敢陷害。因为忠臣孝子身上自然有一种阳刚之气。他们不怕得罪人，视死如归，敢犯颜直谏，敢直面丑恶。处事公平正直赏罚不避亲疏，即使有人心存邪念，对这样的人也会加以敬佩。

忠臣贤士治经典则以圣经贤传为本。因为圣人之言都是大义，教人以正，教人守礼持节，正是忠臣贤士人生的准则，是治国之道，修身之本。而且古之圣贤也全都是正直伟大的人，所以读圣贤之书，可以正己修德，让自己的思想接近圣贤的思想。

一生温饱而气昏志惰　几分饥寒则神紧骨坚

【原文】

饱暖人所共羡，然使享一生饱暖，而气昏志惰，岂足有为？饥寒人所不甘，然必带几分饥寒，则神紧骨坚，乃能任事。

【译文】

人人都羡慕吃得饱、穿得暖的生活，可是，就算一生都享尽饱暖，而精神却昏昧怠惰，又能有什么作为呢？忍受饥寒是人们所不乐意的，可是，饥寒却能策励志气、抖擞精神、强健骨气，如此才能担当重任。

【赏析】

一个人物质过于富足，就会“饱暖思淫欲”，整日沉迷于物质欲望之中，精神就会昏沌不清。声色犬马容易使人迷失自己的志向，越是享乐就越是低俗。在物质的欲望里不能自拔，虽享尽饱暖，却浑浑噩噩，这样的人即使活着，也不过是具行尸走肉罢了。

一个人在苦寒之中长大，意志就会愈加坚强，吃得苦中苦，方为人上人；“宝剑锋从磨励出”，“梅花香自苦寒来”。不经过苦难的磨炼，就不会有精彩的人生，不经历风雨，怎么见彩虹？人生的规律就是先苦后甜，先难后易。

愁烦中具潇洒襟怀　暗昧处见光明世界

【原文】

愁烦中具潇洒襟怀，满抱皆春风和气；暗昧处见光明世界，此心即白日青天。

【译文】

在愁闷烦恼中，要有豁达而无拘无束的胸怀，心情才能如徐徐春风般一团和气。在昏暗环境里，要保有光明的心境，内心才能像青天白日般明亮无染。

【赏析】

不论处于何种环境之中，一定要保持乐观的心态。烦闷的时候，心怀坦荡无拘无束，心情就如春风一般和气；昏昧之时，要保有光明的心境，内心才会如晴天一样明亮无染。乐观不是与生俱来的，要经过后天的不断修养，才能达到万事不萦于怀的境界。人的一生随时会出现坎坷、困难，此时难免情绪低落、精神不振。人要善于调节自己的心态，使自己不论在何种境况下心始终如一，不以物喜，不以己悲，潇洒来去山水间。把自己的性格锻炼得如钢铁一样坚韧，只要脊梁不弯，没有扛不起的山；只要精神不倒，就没有什么可以把你打倒；只要心境乐观，在任何环境下都不会忧愁烦闷。

装腔作势百为皆假　不切实际一事无成

【原文】

势利人装腔作调，都只能在体面上铺张，可知其百为皆假；虚浮人指东画西，全不向身心内打算，定卜其一事无成。

【译文】

势利的人喜欢装腔作势，只知道表面铺张，由此可以看透他所作所为都是虚假。不切实际的人言不及义，东拉西扯，完全不从自己内心下功夫，可以料定他做什么事都无法完成。

【赏析】

势利的人虚荣心强，喜欢装腔作势，谄上唬下，只知道做表面文章，无论做什么事都不是从内心出发，都是对上位之人的曲意逢迎、溜须拍马。而面对百姓则盛气凌人，目空一切，言行之间虚假做作，让人痛恨。不切实际的浮浅之人，胸无点墨，百无聊赖，为人粗鄙不堪但却喜欢夸夸其谈，似乎高人一等，其实这样的人没有一点本事，终将一事无成遭人鄙弃。

现实中势利小人比浮浅之人更为可怕。因为势利之人善于在背后攻击别人，让人防不胜防，深受其害；而浮浅之人只不过是没有自知之明的庸人，却不会害人。

心胸坦荡　涵养正气

【原文】

不忮不求，可想见光明境界；勿忘勿助，是形容涵养功夫。

【译文】

由安贫知足、与世无争、不害他人、不贪钱财的态度，可以看到一个人心境的光明。在涵养功夫上，既不要忘记注重道义以培植浩然正气，也不要因正气不足而想尽办法助其生长。

【赏析】

一个人一生若只以名利为目标，那么他就会变得贪得无厌、唯利是图。欲望越来越变为一个无法填满的黑洞，心终会因名利拖累，而坠入罪恶的泥潭不能自拔，会失去自己的人格甚至生命。但我们若能以平常之心来看待名利，那么我们就不会受名利拖累，能够自由自在地在名利的海洋中畅游了。

人要讲究内在的涵养，涵养来源于优秀的品质，优秀的品质来自博大的胸怀。只有助人为乐，自己才会高兴，才会感到自己存在的价值。人要在平时就应该刻意去正己修德，才能凸显自己的涵养，做事才会有精益求精的追求，才能达到理想效果。

求理数难违　守常变能御

【原文】

数虽有定，而君子但求其理，理既得，数亦难违，变固宜防，而君子但守其常，常无失，变亦能御。

【译文】

运数虽有一定，但君子只求所作之事合理，若能合理，运数也不会违背理数。凡事虽然应该防止意外，但君子能够持守常道，只要常道不失，再多的变化也能防御。

【赏析】

世间一切事物的变化、发展都是有规律可循的，只要找到事物发展的规律就能抓住事物的根本所在，进而水到渠成地解决问题。很多人失败后总埋怨天道不公、命运不济，其实是自己没有认清事物的本质，把握住事物发展的规律。自己在落难之际，也许正是上天对自己的考验，看看勇气和耐力是否足够。能在逆境中坚持下去，才是取得成功的根本。

人的命运掌握在自己的手中，按照实际制订自己的人生计划，把长远目标与近期目标有机结合，按部就班去做，就有助于理想的实现。对多变的事物只要及时预防，早做准备，就能把握其客观规律，守住常道以不变应万变，从而立于不败之地。如果思想呆板，不知变通，那就无法灵活把握，结果必定有违常道。

和气致祥骄者必衰　从善者昌为恶者弃

【原文】

和为祥气，骄为衰气，相人者不难以一望而知；善是吉星，恶是凶星，推命者岂必因五行而定。

【译文】

平和就是一种祥瑞之气，骄傲就是一种衰败之气，观相的人一眼就能看出来。善良就是吉星，恶毒就是凶星，算命的人不需要按照五行才能论断吉凶。

【赏析】

"以和为贵"、"家和万事兴"等俗语无不说明了一个道理：平和既有利于个人的成长又有利于家庭的兴旺，如果骄傲轻狂，目中无人，不仅对自己有害，对家庭也不利。要想对人对事一团和气，就要保持中庸之道，才不至于产生误差。和气才可生财，和气才能赢得好的人际关系。和气的态度来自于善良的心态，一个人善良才能对人和气。

善、恶虽存于心中，但从外表也可以看出来，只要有一双善于发现的眼睛，从一个人的行为中就可以透视出一个人的内心。那些多行不义之人，即便能猖狂一时，也不可能瞒天过海一世，总有一天会原形毕露。

人生不可安闲　日用必须简省

【原文】

人生不可安闲，有恒业，才足收放心；日用必须简省，杜奢端，即以昭俭德。

【译文】

人生在世不可闲逸度日，有了长远的事业，才能收住放纵之心。平常花费必须简单节省，杜绝奢侈的习性，才可倡明节俭的美德。

【赏析】

忧劳可以兴国，逸豫可以亡身。如果每天只知安逸地享受生活，我们就容易养成懒散懈怠的习性。若饱食终日，就会一生碌碌无为。只有在空闲时找点事做，才会使自己的人生更充实、更有意义。只要坚信，天生我材必有用，我们便可积极主动地去追求自己的梦想。

谁知盘中餐，粒粒皆辛苦。勤俭节约是中华民族的传统美德，节衣缩食，勤俭持家，历来被人们所称颂。而那些奢侈浮华之辈，历来为人们所唾弃。我们应该把生活中的每一分钱都花在刀刃上，以求用得其所。

秤心斗胆成大功　铁面铜头真气节

【原文】

成大事功，全仗着秤心斗胆；有真气节，才算得铁面铜头。

【译文】

能够成大事立大功的人，完全靠着坚定的心志、远大的胆识；真正有气节的人，才能够铁面无私、不畏权势。

【赏析】

凡做大事者，成大功之人，都是具有远大理想和顽强意志的人，而且他们的理想和志向不会因为困难而退缩。他们都经历了苦难和艰辛，面对困难，他们并没有退缩。他们在逆境中奋起，在困难中重生，最终实现了自己的梦想，成就了辉煌的人生。另外，欲成大事还必须识大体、顾大局，能辨别真假、善恶、美丑，才会保持志高而不偏，功就而不毁。

人不可有傲气，但必须要有骨气。“富贵不能淫，贫贱不能移，威武不能屈”便是一种骨气，只要为人处世坚持节操，坚贞不屈，大义凛然，就能够在心底拥有一种刚正不阿的精神。

责人先责己　信己亦信人

【原文】

但责己，不责人，此远怨之道也；但信己，不信人，此取败之由也。

【译文】

只责备自己，不责备别人，是远离怨恨的最好方法。只相信自己，不相信别人，是做事失败的主要原因。

【赏析】

正人先正己，管不好自己就没有办法管别人。自己都做不到，如何要求别人去做到？只有自己的能力超过别人，给别人的建议才会得到尊重和采纳，因为人们敬佩的都是强者，而不是那些连自己都不如的人。如果你没有自知之明，随意地指责别人，结果只会是招来更多怨恨。

人只有自信才能自立，如果只是信任自己，孤芳自赏，轻视他人，就容易偏听或一意孤行。那样的话别人也就不会对你良言相劝，自己也就不会得到进步了。若自己既信己又信人，就能在自信的基础上集思广益，只有多采纳他人意见才可以在处事中获得更多的帮助，从而把事情做得更加完美。

通达者无执滞心　本色人无做作气

【原文】

无执滞心，才是通方士；有做作气，便非本色人。

【译文】

无执着滞碍之心，才是通达事理的人；有矫揉造作的习气，便失去了自己的本真。

【赏析】

有执滞之心往往不能灵活地处理问题，而单凭自己一己之见，处理问题就会机械僵化、死守教条。这种拘泥于文字不通事理之人难成大事。只有善于开动脑筋，用灵活变通的方法处理事情的人才是智者。灵活变通就能左右逢源，它与平时所说的圆滑世故是有本质不同的。

世间有很多人整日戴着面具生活，不以真面目示人。为人处世蓄意矫揉造作，让人感到自欺欺人。本色之人展现的是真实而完整的自我，会把自己的性情如实地表达出来，没有半点修饰或伪装，这种朴实无华的人才会受到别人的赞扬。

心为主宰　死留美名

【原文】

耳目口鼻，皆无知识之辈，全靠着心做主人；身体发肤，总有毁坏之时，要留个名称后世。

【译文】

眼耳鼻口，都是不能思想的东西，完全信赖这颗心作为它们的主宰；身体肌肤，死后都会腐败毁损，总要留个好名声让后人称颂。

【赏析】

心灵是主宰，万物皆由心造。人心之外的一切都可以看作是它的从属，如果一个人能够做到心净性明，便不会再有执着与妄念。所以我们首先应爱护好自己的心灵，一生多做善事，这样自己“心正”了，才能成为品德高尚、有所作为的人。

人的一生，能够留给后人最珍贵的东西也只有品德了。名声皆由人造，绝对与他人无关，此生多行善举可以青史留名、流芳百世。若多行不义必定遭后人诟病，遗臭万年。至于一生聚集的财物不过是身外之物，转眼间便会烟消云散，没有什么值得留恋的。

有生资更需努力　慎大德也矜细行

【原文】

有生资，不加学力，气质究难化也；慎大德，不矜细行，形迹终可疑也。

【译文】

天生资质很好，但如不加学习，脾性还是难有改进；只在大行为上留心谨慎，却在小节方面不加自爱，到底让人对其言行难以信任。

【赏析】

玉不琢不成器，石不炼不成金。天才都是勤奋加上汗水造就的，并不是天生而得的。一个平凡的人经过后天的努力同样可以成为对社会有用之人。如果只有天资，而不去努力学习，结果就会像王安石笔下的方仲永一样成为平庸之人。只有天赋的头脑再加上后天的努力和刻苦学习，才会成为杰出的人才。

考察一个人不能粗枝大叶，只看整体，也要注重局部、注意细节，细微之处见精神。如果从细微之处去观察，便能起到“窥一斑而知全豹”的效果，从而能更准确地看清楚一个人。

忠厚传世久　恬淡趣味长

【原文】

世风之狡诈多端，到底忠厚人颠扑不破；末俗以繁华相尚，终觉冷淡处趣味弥长。

【译文】

世俗之风愈来愈流于狡猾欺诈，但忠厚之人诚恳踏实，稳重质朴，为人处世总能立于不败之地；近世的习俗愈来愈崇尚奢侈浮华，但还是清静平淡的日子更耐人寻味。

【赏析】

奸诈之人，不管阴谋设计得多么巧妙，总有一天会被识破；而忠厚诚信之人，以诚信为本，会因其稳重质朴性格受到尊敬，留得千古美名。所以一个人拥有真诚，便可以拥有一切；如果一个人失去忠诚，他就失去了一切。

获得财富的过程充满艰辛，有的人甚至昧着良心出卖自己的灵魂。如果一个人从爱财转到贪财，那么他的贪心欲壑是难填的，行为也是违法的。钱财虽是生活中不可或缺的一部分，但如果生命里让金钱充斥，不留一片清静，又怎么去感受平静而安详的生活乐趣呢？

交友要交正直者　求教要求德高人

【原文】

能结交直道朋友，其人必有令名；肯亲近耆德老成，其家必多善事。

【译文】

能结交行为正直的朋友，这样的人必然也有好名声；肯亲近求教于德高望重的长者，这样的家庭必然常有好事情。

【赏析】

与品德高尚的人交朋友能净化我们的心灵，提高我们的觉悟。只有真正的朋友才会雪中送炭，与我们互相鼓励，他们是我们在世间最宝贵的财富。一个人拥有了真正的朋友，也便成了最富有的人。但如果交一些奸邪下流的朋友，也很可能让自己身败名裂。得知己好友，会一生受益；交不义之友，会贻害终生。

日常生活中，我们不要小瞧那些微不足道的老人，老人生活经验丰富，他们阅历丰富，可以为我们学习或生活提出有益的建议，只要我们细心观察他们的言行，肯虚心向德行高尚的老前辈请教，就一定有意想不到的效果。

化人解纷争　劝善说因果

【原文】

为乡邻解纷争，使得和好如初，即化人之事也；为世俗谈因果，使知报应不爽，亦劝善之方也。

【译文】

替左邻右舍解决纷争，使他们如当初一样和好，这便是感化他人的事了；向世俗之人解说因果报应，使他们知道“善有善报，恶有恶报”的道理，这也是一种劝人向善的方法。

【赏析】

远水不解近渴，远亲不如近邻。若邻里之间能和睦相处，我们的生活便会更加精彩与快乐，若处理不好邻里关系，就会觉得世事苍凉、人生淡薄。尤其是都市人的生活，近在咫尺，却互不相识，如此近的距离都存在着陌生的关系，能不让人感慨吗？

教化一事，当以身作则，从小事做起。不一定非要做出什么惊天动地的大事，其实向世人宣说善恶之道，劝勉他们多做好事，这也是行善的一种方式。这种教化之风一旦形成，便能更好地创建社会的和谐与人世间的友好。

发达福寿空命定　努力行善最要紧

【原文】

发达虽命定，亦由肯做功夫；福寿虽天生，还是多积阴德。

【译文】

一个人的飞黄腾达，虽然是命中注定，却也因他肯于努力；一个人的福分寿命，虽然是生有定数，但也因他多做善事而积阴德。

【赏析】

人的命运掌握在自己的手中，决定一个人成功的因素不在命运，而是自身的努力。所以不能听天由命，要主动与命运抗争，做一个勤奋的人。只有这样，才能通过敏锐的眼光捕捉并把握住机会，从而获得成功。那些总说没机会的人，其实是怯懦和懈怠者的借口，因为他们没有把握住成功的机会，便想借此掩盖自己的无能。

一个人的福分与寿命不是天生的，主要还是靠自己去爱惜自己的生命。如果行善积德，终有好报；若是多行不义，为非作歹，终难逃法网。幸福生活掌握在自己的手中，要靠自己去创造。健康长寿，是靠自己修养得来的。一个人命运是好是坏，完全决定于自己是否努力，而不是靠运气。

百善孝为先　万恶淫为源

【原文】

常存仁孝心，则天下凡不可为者，皆不忍为，所以孝居百行之先；一起邪淫念，则生平极不欲为者，皆不难为，所以淫是万恶之首。

【译文】

怀中常抱着仁孝之心，那么天下任何不正当的行为，都不会忍心去做，所以，孝是一切行为中应该最先做到的；一个人心中一旦起了邪曲的淫恶之念，那么平常很不愿做的事，也不难做出来，所以，淫是一切罪恶行径的开始。

二十四孝之汉文帝亲侍母病

【赏析】

孝乃是行善之本，有孝心之人因为孝顺自己双亲，所以，做任何事情都不会有辱父母的教诲，并且时刻把为父母争光作为自己人生奋斗目标的一部分。所以说孝开了善之端，是我们每个人都不可缺少的做人准则。如果单单依赖对父母的物质奉养来判断一个人的孝心，岂不是忽略了父母的精神感受，所以说孝心才是行孝的基础。

一个人如果心生淫念，什么坏事都做得出来。欲念一生，必然走向邪路，陷入泥潭不能自拔，但有了淫邪之念而不付诸行动，并不能就判明一个人真的淫邪。只有淫邪的行动才会使自己的人生染上污点，但淫邪之念如不加控制，就可能放纵自己的行为，陷于罪恶之中，所以我们关键还是要检点自己日常行为，不为情欲所动。

享受减几分方好　处世忍一下为高

【原文】

自奉必减几分方好，处世能退一步为高。

【译文】

对待自己，减少几分物质享受，是明智的做法；与世人相处，凡事能退让一步，才是聪明的做法。

【赏析】

严于律己、宽以待人是任何一个品德高尚的君子所奉行的人生法则。一旦过分追求物质享受，放纵自己的欲望，就只能使自己陷入欲望的泥潭而难以自拔，不用说提高自身品德修养了，也许连目前的清白都难以保持。只有那些真正懂得生活的人，才不会过分看重物质上的享受，而是更注重追求精神上的快乐，把注意力放在自我人格的完善和心灵世界的充实上来。

而在与人相处上，只有谦和礼让，与人友善才能赢得友谊，增进团结，继而取得事业的成功。如果为了一些小事而斤斤计较或是好出风头，争名夺利的话，那只会使我们的心胸越来越狭窄，从而失去朋友、亲人，陷自己于孤立无援的境地，空有名利而无快乐可言。

守分安贫　持盈保泰

【原文】

守分安贫，何等清闲，而好事者，偏自寻烦恼；
持盈保泰，总须忍让，而恃强者，乃自取灭亡。

【译文】

能持守本分而安贫乐道，这是多么清闲自在的事情；然而爱惹事端的人却偏偏自寻烦恼。只有在事业极盛之时，做到不骄不躁，凡事忍让，才能保持长久不衰，所以，那些仗势欺人的人，等于自取灭亡。

【赏析】

世间本无事，庸人自扰之。人如果能够放低姿态，保持清静无为、与世无争的心态，就能获得心灵真正的快乐，体会到生活的乐趣。相反，为了金钱而疲于奔命，甚至不惜以生命为代价来换取，真是太可悲了。欲壑难填，这个词简直太精辟了。欲望就像毒瘾一样，一旦染上了，就很难再脱身。因此，固守本心，安贫乐道才是真正的处世之道。

身处高官要职，切莫依仗财富，为所欲为，骄横跋扈，显出不可一世、高不可攀的样子。横行乡里，只能搞得天怒人怨，最终家道败落。只有多行善事，始终保持一种居安思危的忧患意识，我们才能更长久地拥有幸福的生活。

境遇无常须自立　光阴易逝早成器

【原文】

人生境遇无常，须自谋一吃饭本领；人生光阴易逝，要早定一成器日期。

【译文】

人生的环境、遭遇是不定的，一定要谋求足以养活自己的一技之长，才不致受困于境遇；人一生光阴很容易逝去，一定要早立远大志向和目标，使自己成为一个有用之人。

【赏析】

世事无常，人生的路上，有太多无法预料的磨难等着我们去面对、经历和克服。面对满是荆棘的前路，我们只有坚定自己的信念，通过自己的努力，不断提升自己的能力，做到未雨绸缪，时刻准备好以积极的姿态和饱满的精神去面对生活给予我们的风风雨雨，才能不被时代所淘汰，永远成为生活的强者。

一寸光阴一寸金，寸金难买寸光阴。时间宝贵，生命更加宝贵。如何使宝贵的生命在人生短短几十年之中过得有价值、有意义是人生的一项重大使命。而“莫等闲，白了少年头，空悲切”这句话告诫我们只有及早定下远大的目标，并坚持不懈地去付出、努力，才能成为对社会有用的人才而不至于虚度年华，才不会到了晚年而空留悲叹。

河川学海而至海　苗莠相似要分清

【原文】

川学海而至海，故谋道者不可有止心；莠非苗而似苗，故穷理者不可无真见。

【译文】

河川学大海的兼容并蓄，最终能汇流入海。由此可见，一个人追求学问道德的心，也应该永不止息。田里的莠草长得很像禾苗，可它并不是禾苗。由此可见，一个研究事理的人不能没有真知灼见，否则便易被蒙蔽。

【赏析】

书山有路勤为径，学海无涯苦作舟。追求知识，完善自我，是没有止境的，一旦踏上了这个征程，就没有停下来或后退的可能。如果取得了一点点成绩就沾沾自喜的话，注定会因自己的无知而被历史所淘汰，只有不知疲倦孜孜以求的人，才会在社会的变迁中站稳脚跟。

路遥知马力，日久见人心。纷繁复杂的人际关系，物欲横流的凡尘俗世，有许多事情不是我们单凭眼睛就能看得出来的。因此时刻保持清醒的头脑和明辨是非的理智，是我们洞察事理的先决条件，只有通过长期的观察，我们才能不被那些虚伪的假相所迷惑。

守身必谨严　养心须淡泊

【原文】

守身必谨严，凡足以戕吾身者宜戒之；养心须淡泊，凡足以累吾心者勿为也。

【译文】

持守节操必须谨慎严格，凡是能够损害自己操守的行为，都应该戒除。要以宁静寡欲涵养自己的心胸，凡是能够疲累心灵的事情，都不要去做。

【赏析】

修身养性，这是一个提高自身内在修养的过程。在此作者告诉我们，要想修身就必须摒弃一切外物的诱惑；要想养心，就要摒弃欲望产生的负累。

只有在心地清净，心无旁骛的情境下，我们才能更好地反省自己的行为得失，才能戒除生活中损害节操的陋习，才能在品德修养方面更上一层楼。只有放弃那些不现实的理想，改变不合时宜的情绪，做到拿得起、放得下，做到将荣华富贵、功名利禄全抛洒，才能在纷繁复杂的世事中保持自我的一份纯真，才能心随所愿。

有德不在有位　能行不在能言

【原文】

人之足传，在有德，不在有位；世所相信，在能行，不在能言。

【译文】

一个人值得人们称道，在于他有高尚的德性，而不在于他有高贵的地位；世人所相信的，是那些凡事能凭实践而成功的人，而不是那些嘴上说得好听的人。

【赏析】

一个人品德的高低不能以其社会地位来决定，同时，做好人、行善事也不能因其会说两句空话就认为他能有所作为。

崇高的地位和权势固然令人向往，但却终是过眼烟云，只有实实在在，多行善举才能赢得世人的尊敬和爱戴。会耍嘴皮子的人固然容易讨人喜欢，但虚伪奉承的话终会招来别人的厌恶，只有拿出自己的真本事，脚踏实地地做出成绩来，才能向世人证明自己不但有雄辩之才，亦有济世之略。

称誉易而无怨言难　留田产不若教习业

【原文】

与其使乡党有誉言，不如令乡党无怨言；与其为子孙谋产业，不如教子孙习恒业。

【译文】

与其让邻里称颂有加，不如让邻里毫无抱怨；与其替子孙谋求财富产业，不如让子孙学习长远的事业。

【赏析】

这一节作者给我们揭示了道德高尚的君子在为人处世方面的两条准则：真正行善的人从不希求别人的赞美和回报；真正为子孙谋划的人必定是教给他们谋生的方法。

如果一个人只是为了求得好名声而去做一些好事，即使获得美名也不会长久，因为终有一天人们会识破他伪善的面目。如果子孙懒惰无能，缺德少才，那么即使留下金山银山也有坐吃山空的一天。因此说，万事不可考虑得太完备，有时候往往正是我们多考虑的那一点点，反而会过犹不及。

先贤格言立身准则　他人行事又作规箴

【原文】

多记先正格言，胸中方有主宰；闲看他人行事，眼前即是规箴。

【译文】

多多记取先圣先贤立身处世的训辞，心中才会有正确的主见；旁观他人做事的得失，便可作为自己做事的法则。

【赏析】

这一节作者告诉我们，多记贤者之言，多观他人之行亦是一种提高自身修养的方法。古之贤人有许多格言因其内涵广、容量大、便于记忆等特点而被后人广为传诵，其中有许多良训是我们为人处世的准则。古为今用，取古训之精华对提升我们自身的能力，丰富自身的内涵有着莫大的帮助。

当局者迷，旁观者清。许多时候正由于我们自身处于旋涡之中，才无法理清自己的思路、了解自身的处境，以致在决断时判断失当、选择失误。可以从局外人的立场指导自己在以后的道路上少走弯路、少做错事，将他人成功失败的经验作为我们成功的基石。

身为重臣而精勤　面临大敌犹弈棋

【原文】

陶侃运甓官斋，其精勤可企而及也；谢安围棋别墅，其镇定非学而能也。

【译文】

晋代名臣陶侃，闲暇之时运砖修习勤劳，这种精勤态度，是可以做得到的；晋代名将谢安，面临大敌，仍能与朋友从容弈棋，这种镇定功夫，就不是可以学得来的了。

谢安　(320—385)，字安石，东晋陈郡阳夏（今河南太康）人。

【赏析】

勤奋是可以学习的，但镇定的功夫却是一种修为，是模仿不来的。陶侃勤于锻炼，祖逖闻鸡起舞，这都是勤奋的表现，只要用心学习，就可以做到。谢安临危不惧，镇定自若并不是与生俱来的，其远见卓识亦是坚持不懈、努力勤奋的结果。陶侃身为重臣，每日自省，唯恐懒惰，亦才有如此成就。因此，我们不能只看到他们勤奋行为的表象和镇定自若的表面，其背后所付出的艰辛和坚持不懈的精神才是最值得我们学习的。

以美德感化人　让社会更祥和

【原文】

但患我不肯济人，休患我不能济人；须使人不忍欺我，勿使人不敢欺我。

【译文】

只怕自己不肯帮助他人，不怕自己没有能力助人；应使他人不忍心欺负我，而不是使他人畏惧而不敢欺负我。

【赏析】

评价一个人要看他的思想，不能只看他的行为，只要动机纯善，哪怕行为不利，也应嘉奖；如果动机不良，即使行为偶或中意，也应批评。思想决定行为，思想层面的问题远比行为影响巨大，因为思想的好坏决定了这个人的本质如何。

有的富豪为希望工程捐款，一掷千金只是为了博取声名，好掩盖其官商勾结、走私犯禁的勾当。一个穷困之人，我们从不忍欺之，并不是因为他横行乡里，他人不敢招惹，而是因为他品德高尚，用真心诚意打动了身边的每一个人，从而使近者喜悦，远者称赞。因此行善做好事要贵在有心，要想使近者敬畏、远者佩服需要有品德做后盾。

幸福可在书中寻求　创家立于教子成才

【原文】

何谓享福之人，能读书者便是；何谓创家之人，能教子者便是。

【译文】

什么叫作享福的人？有书读并能从中得到慰藉的人便是；什么叫作善于创立家业的人？能够教育出好子弟的人便是。

【赏析】

书中自有颜如玉，书中自有黄金屋。隐士贤人于山林僻野，有书相伴，便足以慰藉平生。好读书之人，不会感到孤独、寂寞、苦恼，书中自有生命的答案，书中也有幸福的源泉。书是人们的精神食粮，它可以带领我们成功地进入智慧的殿堂和光明的圣地。创立家业者，若以教育为本，培养出优秀子弟，才不致败家。清朝曾国藩可谓是教导有方，儿子曾纪泽最终成为一代优秀的外交家，其《曾国藩家书》实在是教子之经典。凡创家之人，本身必定才华横溢，但若子孙不孝贤，则家业必定败落。因此教育的作用绝不可忽视。

教子勿溺爱　子堕莫弃绝

【原文】

子弟天性未漓，教易入也，则体孔子之言以劳之（爱之能勿劳乎），勿溺爱以长其自肆之心。子弟习气

已坏，教难行也，则守孟子之言以养之(中也养不中，才也养不才)，勿轻弃以绝其自新之路。

【译文】

当子弟天性尚未受到恶习沾染而变得浇漓时，教导是不难的，应以孔子“爱之能勿劳乎”的方式教导他，而不要溺爱，助长他自我放纵之心；当子弟习性已经败坏而不易教导时，应以孟子“中也养不中，才也养不才”的方式教导他，而不要轻易唾弃，使之失去自新的机会。

孟子 （约前 372—前 289），名轲，字子舆。孔子之后的儒学大师，后世将其与孔子并称为“孔孟”，且称其为“亚圣”。

【赏析】

世间之事，唯分寸二字最难把握，过犹不及，不及则缺，稍有不小心，就会出现偏差，恰到好处是最难做到的境界。有人教子，溺爱过甚，纵子私欲，唯恐自己的孩子受到半点委屈，捧在手心里当宝贝似的爱不释手，结果孩子不是无能懦弱，就生性残忍暴戾。有人教子，自以为家教甚严，教子有方，孩子一旦不合规矩，非打即骂，孩子堕落，弃绝断义，对孩子冷若冰霜，更会加重孩子的叛逆性格，如此教子都是不正确的行为，也不会教育出有出息的孩子。只有对孩子既呵护又严格要求才能教子成才，才能使其开创或继承大业。

若成事业　不可无识

【原文】

忠实而无才，尚可立功，心志专一也；忠实而无识，必至偾事，意见多偏也。

【译文】

如果一个人竭尽心力，虽无什么才能，但能专心一意，还是可以建功立业的；如果一个人竭尽心力，却无什么见识，必会产生偏见，将事情办坏。

【赏析】

努力是一切丰功伟绩必经的过程，世间之事最怕努力，只要努力就没有克服不了的困难。一个人努力做事，即使不能建功立业，但也会小有成就的，努力了虽不一定能成功，但不努力肯定不会成功。世间很多人埋怨自己辛苦努力一生却一无所获，觉苍天不公，心生邪念，做出错事。这其实是思想定位不准，也就是“忠实无识”，盲目努力，却不知如何努力，没有方向和目的。如果他在一个团体做事，虽很努力却不清楚团队的目标，则很可能会破坏团队事业。只要方向清晰，目标明确，努力一定会有所结果的，不管成就大小，也是可以安慰自己的。就像思考一个问题，只要你勤于思索了，即使想不出答案，认识也会更深。

居安思危　脚踏实地

【原文】

人虽无艰难之时，却不可忘艰难之境；世虽有侥幸之事，断不可存侥幸之心。

【译文】

人即使处在顺境之中，也不可忘记人生还有逆境的存在；世上虽然会有意外的幸运，但却不可抱不劳而获之心。

【赏析】

生于忧患，死于安乐。这是古之名言，它告诫我们处于顺境之时，切不可穷奢极欲，无所事事，也要时时进行自身的反省与总结，以防备随时可能出现的各种问题。未雨绸缪，防患于未然才可使事业不断强大，这一过程其实也是我们不断消除恐惧，建立信心，磨炼意志的过程。

世间必有侥幸之事，但那却如昙花一现般机不可遇，如果我们被这种侥幸的心理所俘虏，那必然只能落个误人误已，一事无成的悲凉下场。就如《守株待兔》中的愚夫一样，成为众人的笑柄。凡事没有不劳而获的，只有脚踏实地去争取才能尝到胜利之果的甘甜。

心静则明　品超斯远

【原文】

心静则明，水止乃能照物；品超斯远，云飞而不碍空。

【译文】

内心清静则自然明澈，就像静止的水能倒映事物一样；品格高超便能远离物累，就像浮云飘飞的天空一样一览无余。

【赏析】

情由心生，魔由心灭。佛家认为：世间万事万物皆由心起，心是快乐之本，如果心中能够摒除凡尘之杂念，俗事之负累，才能回归自我之本性。也就是说，如果能够去掉外在的攀缘与追逐，解脱烦恼的束缚，安于自然平易的生活，就能体悟到人生的真谛、生活的乐趣。

如果心灵能够不为外界的事物所牵绊，我们就能看清世事本相；如果能够放下心中欲念的牵累，使本心清静就能达到超然物外、随心所欲的境界。“人到无求品自高”说的就是这个意思。

读书人贫乃顺境　种田人俭即丰年

【原文】

清贫乃读书人顺境，节俭即种田人丰年。

【译文】

清高淡泊，即为读书人顺遂的日子；省吃俭用，就是种田者丰收的年景。

【赏析】

“自古寒门多将相，从来纨绔少伟男。”清贫对我们来说，不应仅仅是一种苦难，更应是一种磨炼。它让我们能够超越横逆穷困，立下雄心壮志，跨越一个个绊脚石，最终取得一个个成功。凿壁偷光、悬梁刺股，无一不是贫困士子努力读书的例子。

“静以修身，俭以养德。”节俭是中华民族的传统美德，更是君子修身养性的良方。作者在此再次告诫我们：即使丰收的年景也不应挥霍浪费，只有“有时思无”才能确保在荒年衣食无忧；如果一味挥霍，即使万贯家财也会坐吃山空。

讲求正直　莫入浮华

【原文】

正而过则迂，直而过则拙，故迂拙之人，犹不失为正直；高或入于虚，华或入于浮，而虚浮之士，究难指为高华。

【译文】

为人过于方正则易不通世故，行事过于直率则显得有些笨拙，但都不失为正直之人；理想太高有时会成为空想，注重华美有时会变得虚浮，这都难成为高明之人。

【赏析】

这一节作者向我们论述了两种不同行事风格的人在面对他人、面对工作、学习中所坚持的不同态度。

正直的人通常会比较迂腐、呆板、固执己见，甚至可能趾高气扬，难以让人接近。但无论是哪一种，他们都可以说是坚持本心，坚持自我的人，亦只有真正的性情中人才会以如此决绝的态度面对人生，因此他们是值得我们学习的榜样。同时，也有一些人目标宏伟，做事高调，给人一种高高在上、无限华美的感觉。而事实上，这些人往往空有其名，并无真才实学，最终也只能草草收场。因为他们凡事缺乏求真务实的态度，这是我们一定要吸取的教训。

异端为背乎经常　邪说乃涉于虚诞

【原文】

人知佛老为异端，不知凡背乎经常者，皆异端也；人知杨墨为邪说，不知凡涉于虚诞者，皆邪说也。

【译文】

人们都知道佛家、道家不同于儒家，然而却不知凡是与常理不合者，都有背于儒家正统思想；人们都知道杨朱、墨翟的学说是旁门左道，却不知内容荒诞虚妄的，都是不正确的言论。

【赏析】

春秋战国时期，诸侯争霸，天下混战，游说纵横之士大兴，各门各派纷纷提出自己的政治主张，都希望可以借此机会辅助一代君王成就千秋霸业。在“百家争鸣”的繁荣时期，众多的学派都如昙花一现般便又归入了平静，只有儒家学说，成了统治中华民族两千多年封建社会的思想根基。而其他的学说都被称为异端邪说、旁门左道。实际上，其他学派的思想也有很多是值得我们去肯定并学习的，如墨子的“兼爱”、“非攻”等理论不论是对当时的时代，还是今日的时代，都是具有积极的意义的。所以，许多时候我们并不能只以当时社会的正统思想去批驳非正统的思潮，而应该从更广阔的空间用更长远的眼光去看待这些可能推进时代发展的思想学说。

三教图

亡羊尚可补牢　羡鱼何如结网

【原文】

图功未晚，亡羊尚可补牢；浮慕无成，羡鱼何如结网。

【译文】

想要有所成就，任何时候都不晚，就算羊跑掉了，能够及早修补圈栏，还是可以挽救的；羡慕是没有用的，希望得到水中之鱼，不如尽快退而结网。

【赏析】

“亡羊补牢，为时未晚。”这是老师、父母常常用来教育犯错的学生、孩子的故事。知错能改，善莫大焉。人没有不犯错的，只怕其明知故犯，犯而不改。因此，只要能痛改其非，及时醒悟，哪怕入道很晚，但只要有将事情做好的毅力和决心，就肯定有成功的一天。面对事情只是空想，而拿不出实际行动，那是一辈子也做不出成绩的。看到别人取得成功便羡慕不已，自己却不付诸行动，这一类人永远都是将时间花在了感慨悲叹上。所以，我们一定要以此为鉴，只有努力地将想法付诸实践，才有可能梦想成真。

道本足于身　境难足于心

【原文】

道本足于身，切实求来，则常若不足矣；境难足于心，尽行放下，则未有不足矣。

【译文】

真理原本就存在于自己本性之中，倘若不断追求，则会常常感到不足；外在事物很难满足心中的欲望，如能全然放下，也就不会觉得缺乏了。

【赏析】

这一节中作者解说了存在于人身上的两种事物。即对真理的探索；对欲望的渴求。这两者在人修身养性方面都起到了不同的重大作用。

真理就犹如甘泉，饮之则神清气爽，饮之越多，对人体越有益；物欲就犹如鸩酒，一旦服用就会气绝身亡。现实生活中，多少人为了追名逐利，不惜出卖自己的道德、良知，最终走上不归路。欲望本身就是无法满足，得到的越多、渴望的也就越多，手中拿的越多，就更加的不舍得放下。所以说，让我们的心灵保持一种淡泊物外的状态吧，只有心灵清净，才没有外物的烦扰，才可以过怡然自得的逍遥生活。

读书要下苦功　为人要留德泽

【原文】

读书不下苦功，妄想显荣，岂有此理？为人全无好处，欲邀福庆，从何得来？

【译文】

读书没有下功夫苦读，却想显达荣耀，天下哪有这种道理？对待他人没有一点好处，却妄想得到福分和吉庆，又从哪里来呢？

【赏析】

这一节作者通过“读书”与“为人”告诫世人，一切事情要想有一个美好的结局，要想遂自己的心愿，就必须得自身先付出劳动或真心，天下没有不劳而获的事情。许多人往往只看到了胜利者头上的光环与荣耀，却不知那些成功者在光环、鲜花、掌声到来之前付出了多少的辛苦，每当他人在与父母妻儿共享天伦的时刻，他们或许还在辛苦地千遍百遍地锻炼一个动作吧？每当他人在美梦中与周公相会之时，他们或许还在灯下笔耕不辍、辛劳不已吧？天下没有免费的午餐，让我们用自己的双手去创造属于自己的辉煌吧！

有错即改为君子　有非无忌乃小人

【原文】

才觉己有不是，便决意改图，此立志为君子也；明知人议其非，偏肆行无忌，此甘心为小人也。

【译文】

刚刚觉得自己有什么地方做得不对，便毫不犹豫地加以改正，这就是立志成为一个正人君子的做法；明明知道有人议论自己的缺点，却不思改过仍然肆无忌惮地为所欲为，这便是自甘堕落的行为。

【赏析】

这一节作者论述了君子与小人的两种截然不同的处世态度。“君子日三省乎己”说的就是君子每时每刻都对自己的行为反省检查，即使这样亦唯恐有错误发生，有辱圣人之教诲、先人之门风。对于我们现代的人而言，没有人要求你活得非得像个圣人那样，只要在平时多加注意自己的言行，做到三思而后行就行了；在别人给予你指正批评时，乐于接受他人的意见就行了，不怕你犯错，就怕你不改。若明知有错，还一意孤行，甚至把别人的劝解当成耳边风，那样只会是讳疾忌医、越病越深，小错变大错，终有一天会闯下弥天大祸。

交友淡如水　寿在静中存

【原文】

淡中交耐久，静里寿延长。

【译文】

在平淡中交往朋友，往往能够维持长久；而在平静中度日，则寿命常常绵长。

【赏析】

君子之交淡如水。真正的朋友是在平淡之中能够相互扶持、相互勉励、共同进步的志同道合之士。有如钟子期、俞伯牙的高山流水之交，没有所谓的利益、金钱、名誉等世间人皆为之烦愁的东西，有的只是心灵上的默契。同时，真正的修身亦和交朋友一样，淡泊名利，才能保持心平气和的心态；放得下一切牵引心智的俗物，便能无大悲大喜，大忧大乐。因为一切一切在他看来，终是到头要放下的东西，也只有这样，才能达到无所为而无所不能为的逍遥之境。

突来熟思审处　衅起忍让曲全

【原文】

凡遇事物突来，必熟思审处，恐贻后悔；不幸家庭衅起，须忍让曲全，勿失旧欢。

【译文】

遇到突发的事情，一定要仔细地思考，慎重地处理，以免事后反悔；家中不幸起了罅隙，必须尽量忍让，委曲求全，不使过去的情感遭受破坏。

【赏析】

遇变不惊，才能镇定自若，才能控制自己的情绪从而掌握局势的发展。如果一个人的阅历和经验不够丰富，遇事便容易慌了手脚，鲁莽行事或是缩手缩脚，只会把事情办得更糟。因此这便要求人们，当你还不能处危不惧、举重若轻之时，如果遇到大事，保持冷静的头脑才是第一大事，然后再想办法合众人之力共赴难关，切莫贸然行事。

所谓“清官难断家务事”。如果家人中有分歧，我们首先要做到忍耐与包容，特别是父母教育子女，高压政策和棍棒政策只会把事情弄得更糟；家中的其他矛盾，更是需要耐心的劝导与虚心的接受。互相理解、彼此体谅，才能“家和万事兴”。

聪明勿外散　脑体要兼营

【原文】

聪明勿使外散，古人有纩以塞耳，旒以蔽目者矣；耕读何妨兼营，古人有出而负耒，入而横经者矣。

【译文】

聪明人要懂得收敛，古人曾有用棉絮塞耳、以帽带遮眼，以掩饰聪明的举动；耕田读书可以兼顾，古人曾有日出扛着农具耕作、日暮手持经书阅读的行为。

【赏析】

这一节作者论述了两个观点：一是聪明的人不可锋芒大露，才华展尽；二是学习要注重理论与实践相结合。

真正聪明的人是那些能够保持内敛性格，审时度势之人，他们从不轻易出手，只在该出手时才出手，因为太过炫耀不但会招小人的忌妒，有时还会引来杀身之祸。三国时的杨修便是一例。只有大智若愚的人才是真正的智者。耕种是实践，读书是理论，只有理论与实践相结合，才能学以致用。理论是实践的指导，实践是理论的检验，只有两者的相互结合、相互印证才会产生真正的学问。

天未曾负我　我何以对天

【原文】

身不饥寒，天未曾负我；学无长进，我何以对天。

【译文】

自身没有受到饥饿寒冷之苦，这是天不曾亏待我，倘若学问再无所进步，我有何颜面面对老天呢？

【赏析】

“世间本无事，庸人自扰之。”知足常乐之人，从未有什么非分的渴求，亦不会埋怨上天的不公，因为他们知道事情绝不可能以自己的意志为转移，许多事情是要讲求机缘的，怀着感恩的心去对待生活、对待他人，生活便坦然而快乐。具备了这样的品质，他们便对自身的要求更高了一层。上天给予了我们学习的可能与条件，如果还没有学有所成的话，那将以何面目去面对父母、面对自己？许多缺衣少食的人都可以成为一代宗师，甚至有的天生残疾的人都还自强不息，永不放弃，作为一个四肢健全、衣食无忧的人还有什么理由为自己的不成功找借口？

勿与人争　惟求己知

【原文】

不与人争得失，惟求己有知能。

【译文】

不和他人去争名利的成功或失败，只求自己在做事之时增长智慧与能力。

【赏析】

真正聪明的人致力于自身品德、学识的提高，而绝不会顾及眼前利益的得失。因为许多事情的完成，不能仅仅看它的结果，过程也同样重要。因为过程恰恰证明了一个人为成功所付出的努力与艰辛，其间所经历的痛苦与磨难才是人生最重要的收获，而非最后的数字，那只是给他人的一个交代罢了。给自己一个满意的答卷那才是最珍贵的礼物。许多人却往往忽视了这一点，为了求得最终的胜利而忽略了探求其内在的精神实质，一路走来，竟不知风景如何。

为人须有主见　做事应知权变

【原文】

为人循矩度，而不见精神，则登场之傀儡也；做事守章程，而不知权变，则依样之葫芦也。

【译文】

为人如果只知依着规矩行事，而不知精神实质所在，那就和戏台上的木偶没有两样；做事如果只知墨守成规，而不知通权达变，那只不过是依葫芦画瓢罢了。

【赏析】

每个人都期望有自由行为和独立的人格，亦希望不同于别人，做独一无二的自我。但是在生活中，我们却常常被各种事情所牵绊，超越不了别人，更何谈超越自我。做事拘泥于规矩，不懂得灵活变通；做学问不能打破常规，逆向思维，永远当不了发现万有引力定律的牛顿。

当然，在此笔者无意要众人都去做伟人，个个都当科学家，只是想在此告诫大家，切莫被教条束缚住我们前进的脚步；切莫让别人怀疑的眼光杀死我们执着的信念；切莫为眼前的黑暗放弃寻找光明的希望。潇洒地去面对生活，方知人生竟如此的美好！

文章是山水化境　富贵乃烟云幻形

【原文】

山水是文章化境，烟云乃富贵幻形。

【译文】

文章就如同山水一般，是幻化的境界；富贵就如同烟云一样，是虚无的情形。

【赏析】

千古文章传天下，就时间而言，美好的文章就可流传千古，因其不朽的生命力世世代代受人们喜爱，打动人们的心灵，成为后人的精神粮食。之所以说山水是文章的化境，是因为江河豪迈奔放如文章之隽永优美，山川雄伟壮观如文章之华丽充实。富贵再长久，也是如过眼烟云，生不带来死不带去，如果能看透这一点，又何必再去追求功名利禄这些虚无缥缈的东西？看看身边那些为名利而劳碌奔波的人吧，整天过着迷惘而疲惫的生活，哪里又知道真正的快乐是什么呢？

察伦常留心细微　化乡风道义为本

【原文】

郭林宗为人伦之鉴，多在细微处留心；王彦方化乡里之风，是从德义中立脚。

【译文】

郭林宗观察伦常之理，往往在人们不易注意之处留心；王彦方教化乡里之风，总是以道德与正义为根本。

【赏析】

汉代人郭宗林以善察伦理之道而闻名，他教育学生做人首先要明白伦理道德，做事需从细微之处留心。一个人的品德如何通过其言行举止就可见一斑。只有全面地了解其在生活中的点点滴滴，才能全面地考察此人的品行优劣，从而让领导者做到知人善任。

汉代人王彦方平时以德行感化乡里，左邻右舍凡有争议之事都来向他请教。可见真正的君子应以德义为本，多为人民做实事，而不是夸夸其谈，空喊口号，用自己的行动来证明一切，这样不但可以赢得众人爱戴，亦可造福一方。

骗人如骗己　人苦我也苦

【原文】

天下无憨人，岂可妄行欺诈；世上皆苦人，何能独享安闲。

【译文】

天下没有真正愚笨之人，哪能任意欺负诈骗他人；世上之人都在吃苦，怎能独自安享闲适的生活。

【赏析】

“机关算尽太聪明，反误了卿卿性命。”在现实中，往往许多聪明人反被聪明所误，搬起石头砸自己的脚，作茧自缚，自讨苦吃。其原因是天下没有真正的傻子，都懂得“吃一堑，长一智”的道理，任何人在吃了亏之后都会反思，其结果只能是被骗之人越来越聪明，而施骗之人难逃法网。

世人皆在受苦，而我独享安逸，这不是君子所为。君子当以“穷则独善其身，达则兼济天下”为己任，为万民、为百姓祈福。放之于现代，当是为人民大众的利益而奔走呼告，而不是看到身边的人都在受苦煎熬，自己却独享清福。用一首歌做总结便是：只要人人都献出一份爱，世界将变成美好的人间。

弱者非弱　智者非智

【原文】

甘受人欺，定非懦弱；自谓予智，终是糊涂。

【译文】

甘愿忍受欺侮的人，一定不是懦弱的人；自以为聪明的人，终究算是糊涂人。

【赏析】

汉朝大将韩信甘受胯下之辱，并不是他胆小怕事；越王勾践卑侍吴王夫差，亦非卑躬屈膝。能忍他人之不能忍的欺辱，能受他人之所不能受的打击，此人定非泛泛之辈，因为意志的坚强与忍耐能迸发出让人难以想像的功效，勾践终将雪耻于吴王，韩信亦成汉朝之开国元勋。

战国时赵国大将赵括自诩熟读兵法，却不知自己的才能属于纸上谈兵，最终落得个凄凉的下场。历代之中，有多少人明知“伴君如伴虎”，却依然不肯抛洒功名，最后落个身首异处的结局。这一切都是由于他们太过自信，太过聪明，总以为凭自己的本事可以扭转乾坤，却不知谦虚谨慎才是处世之风，急流勇退才是为臣之道。

功德文章传后世　史官记载忠与奸

【原文】

漫夸富贵显荣，功德文章，要可传诸后世；任教声名煊赫，人品心术，不能瞒过史官。

【译文】

不能只知夸耀财富与地位，也该有留于后世的功业和文章；尽管声名盛大显赫，而个人的品行和居心是无法欺骗史官的。

【赏析】

人无百日好，花无百日红。金玉满堂，荣华富贵只能荣耀一时，生不带来，死不带去，终是过眼烟云。但是有功德的文章却可以凭借其不朽的精神魅力，傲然千年，被一代一代的文人、学者、世人所吟哦、传诵，给他们以心灵的慰藉、精神的鼓励。

历史是一面镜子，任何人的所作所为都逃不过历史的眼睛。不管你的声名再显赫，要是没有善行义举的话，那就只能是遗臭万年，世代受世人唾弃；如果能够建功立业，兼济世人的话便可青史留名、名垂千古。何去何从，我们每个人的心里都应该有个慎重的选择。

目闭可观心　口合以防祸

【原文】

神传于目，而目则有胞，闭之可以养神也；祸出于口，而口则有唇，阖之可以防祸也。

【译文】

人的精神往往由眼睛传出，而眼睛则有上下眼皮，合起来就可以休养精神；祸事常常由说话造成，而嘴巴则有两片嘴唇，闭起来就可以避免祸端。

【赏析】

“闭目养神”、“眼不见，心不烦”这虽有一定道理，但心却是人意识的主宰，单靠闭着眼睛来养心，这属于讳疾忌医，消极躲避的做法。只有心无所想才能身心俱静，这便要求我们时刻要以高洁的道德去矫正自己的言行，提高自己的修养，做到既目不视污相败行，又可强化内省自修。

病从口入，祸从口出。这句话提醒我们，对事理没有弄明白，就不要妄下结论，否则只会招惹祸端，引来不必要的麻烦。只有明察事理，思虑周全，才能清誉得保，消灾免祸，从而树立自己的威信。

富贵人家多败子　贫穷子弟多成才

【原文】

富家惯习骄奢，最难教子；寒士欲谋生活，还是读书。

【译文】

有钱人习惯奢侈浮华，教导子弟便成为困难的事；贫穷的读书人要谋生活，还是要靠读书。

【赏析】

创业容易守业难。创业之人，多是一路艰辛、一路风雨，艰辛困苦虽给了他们磨炼，也成就了他们的成功，多舛的命运铸造了他们坚强的品格。然而，守业之人却多是坐拥万贯家财的纨绔子弟，衣食无忧的生活早已让他们变成了寄生虫，意志薄弱，不思进取，最终难成栋梁之才。古代的读书人大多是贫寒之子，但他们却人穷志不短，读书给了他们希望，也给了他们乐趣，不仅增添了他们的智慧，也升华了他们的思想，知识改变命运的箴言在他们的身上得到了印证。所以对“少爷”、“小姐”们的教育比对穷苦人家的孩子的教育更应该慎重。

苟且不能振　庸俗不可医

【原文】

人犯一苟字，便不能振；人犯一俗字，便不可医。

【译文】

一个人有了随便的毛病，便无法振作了；一个人只要趋于流俗，就不可救药了。

【赏析】

凡事就怕“认真”二字，一旦用心，就没有不成功的。反过来，也就是凡事就忌“苟且”二字，一旦抱着得过且过的心态，斗志便会逐渐丧失，不说缺乏了进取的精神，也许连心神都无法统一，没有志向、甘于沉沦、无所事事就成了这类人的代名词。

人要有自我的个性，如果流于俗气，便会变得平庸而无能；没有了自我的主张、观点，失去精神的支柱，生活便如一杯白开水，一切于己都如空气一般似乎不存在。莫大的人世间只有自己一副躯壳在没有意义地飘荡、游移。

针对以上这两种人，没有旁人能救得了他们，他们的敌人是他们自己，战胜了自己，就能生活得有意义；战胜了自己，就能成为一个有作为的人。

志不立则功不成　错不纠终遗大祸

【原文】

有不可及之志，必有不可及之功；有不忍言之心，必有不忍言之祸。

【译文】

一个人有他人所不能企及的志向，必能建立他人所不能企及的功业；对人对事若发现错误而不忍心指正，那就会因不忍心指正而造成祸患。

【赏析】

有志者，事竟成。志向是一盏灯，为我们指明了前进的方向；志向是一把火，为我们注入了奋斗的动力；志向是一条船，载着我们驶向胜利的彼岸。虽然前进的路上充满了荆棘坎坷，但只要前方有志向的灯塔在指引，我们终能披荆斩棘，达到彼岸。

莫以善小而不为，莫以恶小而为之。小错不改，终有一天会酿成大祸。因此，不管是对于自己，还是对于他人，缺点和错误必须及时地给予指正和批评，检讨并改正。只有这样，才能保证我们的思想不被毒瘤所侵害，才能让我们的行为不被歪风邪气所侵染。

事当难处退一步　功到将成莫放松

【原文】

事当难处之时，只让退一步，便容易处矣；功到将成之候，若放松一着，便不能成矣。

【译文】

事情遇到了困难，只要能退一步想，便不难处理；事情将要成功之时，只要稍有松懈疏忽，便不能成功。

【赏析】

“六根清净方为道，退步原来是向前。”许多时候，我们却不懂以退为守，以退为进的策略。当遇到难以处理的事情时，我们必须尽力而为，但不可勉强。特别是在重要关头，一旦强行用力，敌人没有打倒，反倒累死了自己，那只会是赔了夫人又折兵，不如冷化处理，方见咫尺之地亦可海阔天空。

“为山九仞，功亏一篑。”常有人看到大事已成，大局已定，就心生懈怠之意，岂知这一放松结果就功败垂成了。因此我们凡事要有持之以恒的精神，只有善始善终，才能使事情万无一失；只有毫无懈怠，集中精力才能取得最后的胜利。

无学为贫　无耻为贱

【原文】

无财非贫，无学乃为贫；无位非贱，无耻乃为贱；无年非夭，无述乃为夭；无子非孤，无德乃为孤。

【译文】

没有钱财不算贫穷，没有学问才是真正的贫穷；没有地位不算卑下，没有羞耻才是真正的卑下；活不长久不算短命，没有值得称述之事才算短命；没有儿子不算孤独，没有德行才是真正的孤独。

【赏析】

金钱、地位与人的品德、才学无关。真正的富有、高贵亦不是金钱能买到的。没有知识、学问，即使拥有金山银山，亦是一贫如洗，因为胸无点墨的人内心空虚，他们是精神的贫民。没有羞耻之心的人，即使身处高位，亦受世人唾弃，因为屈膝辱节的人没有人格，亦没有荣誉。

年龄的大小并不能成为其对社会贡献大小的依据。如果一个人碌碌无为，即使活到百岁亦是行尸一般，毫无意义。只要生活在充实的世界里，受他人敬重与爱戴，即使膝下无人承欢，亦觉得儿孙满堂，因为有品德的人永远是不缺乏朋友和追随者的。

知过能改圣人之徒　抑恶扬善君子之德

【原文】

知过能改，便是圣人之徒；恶恶太严，终为君子之病。

【译文】

知道自己的过错而加以改正，便是圣人的门徒；攻击恶人恶事过于严厉，终会成为君子的过失。

【赏析】

人无完人，金无足赤。知错能改，善莫大焉。世上万事万物，没有完美无缺；做人亦如此，没有不犯错的。过而改之，就是有道德的表现，就可以说是圣人之门徒。如果明知故犯，知错不改，那才是无药无救，小错终成大错，最后只有死路一条。

对待他人，要抱着宽容的态度。对人之过失，应细心而耐心地教育，而不可一棍子打死。这样不但没有纠错，反倒错上加错；不但没有劝人向善，反而因穷追猛打将可改造之人逼上梁山，原来的错误还没有改正，反而发生了更大的动乱、祸事。所以，凡事应把握好“度”的原则，教育方法宜得当，才能有成效。

诗书传家久　孝悌立根基

【原文】

士必以诗书为性命，人须从孝悌立根基。

【译文】

读书人必须以诗书作为安身立命的根本，为人要从孝悌上立下基础。

【赏析】

读书之人多把诗书礼仪、文章字画看作是自己的性命。这就像一个剑客一样，没有了手中的剑，心中的剑就只能是一副空壳了。一旦读书人将心用向他途，将书本变为求取功名利禄的工具，那纵使学富五车，满腹经纶也只能是窃者、道貌岸然者。

二十四孝之朱寿昌弃官寻母

百行孝为先，能够听从父母的教导，必定能够推己及人，而不致违犯法纪。悌是友爱兄弟，能够与兄弟互相爱护帮助，必定能够与他人为善，重本而不忘义。所以说，一个能够对父母兄弟尊敬友爱的人即使再坏也还有改正向善的可能，因为他做人的根基还在。

得意莫自矜　为善须自信

【原文】

德泽太薄，家有好事，未必是好事，得意者何可自矜；天道最公，人能苦心，断不负苦心，为善者须当自信。

【译文】

自身品德不高，恩泽不厚，即使家中有好事降临，也未必真是幸运，得意的人哪能自以为了不起呢？上天是最公平的，人能尽心尽力，一定不会白费，做好事的人尤其要有自信。

【赏析】

佛家讲究因果报应，这虽有一定的消极作用，但其劝告世人要行善积德的理论还是有积极作用的。所谓种善因得善果，如果自己没有做什么好事的话，幸运女神突然降临，那就得好好考虑一下了，如果不知思考只是得意忘形，肆意享受，上天是不会坐视不理的，也许接下来就是更大的灾难了。因为天道对每一个人都是公平的，生活让我们不断地跌倒，却强健了我们的体魄；生活让我们遭受苦难，却铸造了我们的不屈；生活让我们历尽了屈辱，却使我们更加珍视了自尊……如果生活给予了你磨难，不要伤心，那正是上天赐给你的礼物，此生受用不尽的财富。

自大便不能长进　自卑则不能振兴

【原文】

把自己太看高了，便不能长进；把自己太看低了，便不能振兴。

【译文】

若将自己估计得过高，便不会再求进步；若将自己估计得过低，便会失去振作的信心。

【赏析】

人不能自大，亦不能自卑，但却不能不自知。有自知之明是人可贵的品质之一。有些人自认为高明无人能比，于是目空一切，盛气凌人，孰不知其正是由于自己胸无一物才会故作高姿态，没有自知之明的他岂能理解如此高深的道理？还有一类人，却认为自己一无用处，妄自菲薄，整日只是长嘘短叹，自暴自弃，其实亦是缺乏自知，即对自身没有一个公正而客观的评价。只要发现自身优点，做到扬长避短，便也可以取得成绩。所以，一个懂得自省又能正视自己的人，永远不会被他人、他物所左右，能活出独立的自我，能取得一番伟大成就。

勿因噎废食　讳疾忌医

【原文】

偶缘为善受累，遂无意为善，是因噎废食也；明识有过当规，却讳言有过，是讳疾忌医也。

【译文】

偶尔因做好事而受到牵累，便不再行善，就好比曾经食物鲠喉，从此不再进食一般；明明知道有过失应当纠正，却因忌讳而不肯承认，就如同生病怕人知道，而不肯就医一样。

【赏析】

做事情要看行为本身是否符合正义，不能看一件行为的结果所造成的影响。因为做了一件善事，而出现了不利结果，便心存胆怯，无意为善，此则为善，不是思想欲为之，乃是心有所图，为善求报之类。这不是做善事，是求利之心使然，真正从善如流者，面对善义之事，即使有危险，也再所不辞。这是思想上真正的善者。

人非圣贤，孰能无过。过而能改，善莫大焉。但世间之人多是对错误讳疾忌医，不愿承认。这样的人，自己的错误越来越多，会逐渐地把自己沦入小人的行列。

要造就人才　勿暴殄天物

【原文】

成就人才，即是栽培子弟；暴殄天物，自应折磨儿孙。

【译文】

培植有才能的人使之有所成就，就是培植自己的子弟；不知爱惜物力而任意浪费东西，自然使儿孙受苦受难。

【赏析】

对儿孙当以教育为本，教育儿孙成才才是目标。即使家财万贯，也不能放纵娇惯孩子。俗话说："再穷不能穷教育，再富不能富孩子。"对孩子的教育绝不能以物质为标准，而应以规矩和礼仪为准绳。如果自负家财雄厚，任由孩子奢侈浪费，虽然孩子从小锦衣玉食，但长大后，性格骄纵，难以融入社会。所以不管孩子生于何种环境之中，务当使其经风历雨，磨炼成材，不能成为温室里的花朵，经不起风霜。给儿女所留的最大财富是精神财富，教儿女做人要有坚强的毅力，果敢的魄力，待人要有礼有节才会对子女终身有益。若是只以物质财富滋润子女成长，那长大后不过是浮夸浪子、纨绔子弟。

今日且坐矮板凳　明天定是好光阴

【原文】

矮板凳，且坐着；好光阴，莫错过。

【译文】

这小小的板凳，暂且坐着；许多美好的时光，不要轻易地错过。

【赏析】

这一句是教导人们要耐得住寂寞，要安贫乐道，心如止水。寂寞难独守，浮躁扰人心。人于寂寞之时，往往心猿意马，心浮气躁。若贫困而寂寞，则更加心气难平，每日自怨自艾，思虑繁多，空扰身心。很多机会也便在嗟叹中错过，悔之不迭。

耐守寂寞，需要修养身心。要不以物喜，不以己悲，不为外物所累。无贪无欲，抱闲守一。不管多么贫困，多么寂寞，安守而乐道，每日抱修道之心，增益自身能力。一旦有机会，就抓住，错过也不要心灰意冷。只要安心守己，能力增长，那么一定能抓住下一次机会。

先天下之忧而忧　后天下之乐而乐

【原文】

世之言乐者，但曰读书乐，田家乐，可知务本业者，其境常安；古之言忧者，必曰天下忧，廊庙忧，可知当大任者，其心良苦。

【译文】

世人说到快乐之事，都说读书的快乐、田园的快乐，由此可知，只要努力自身事业的人，就常处快乐之境；古人说到忧心之事，都说天下苍生之忧，朝廷政事之忧，由此可知，身负重任的人，总是用心甚苦。

【赏析】

快乐不是寻求而得的，快乐应是心态的自发反应。有人附庸风雅并怡然自乐，这并不是真正的快乐。真正的快乐来自平淡的内心，心里感到幸福，精神才会愉悦。务本业之人，在自己的事业上辛苦跋涉，每上一个台阶，欣慰之情溢于言表，这便是真正的快乐。有道是"快慰原本只在奋斗中"，所以只有努力于自身事业的人，才能常处快乐之境。

忧虑之事不过忧天下、忧朝堂，这样的忧虑更多的是一种情怀，不是真正的忧虑。忧国忧民的人，整日心生感慨，叹息国事，哀民生之艰，只不过是精神上的一种抒发，并没有处于真正的忧虑之中。真正的忧虑是自处重任，面临抉择，一招不慎则粉身碎骨，他身担大任，寄万民之希冀，其忧虑之心更是外人所不能理解的。这才是真正的忧虑。

苟丧良心则为禽兽　舍弃正路则行荆棘

【原文】

天地生人，都有一个良心，苟丧此良心，则其去禽兽不远矣；圣贤教人，总是一条正路，若舍此正路，则常行荆棘之中。

【译文】

人生天地之间，都有天赋的良知良能，如果失去它，就和禽兽无异；圣贤教导人们，总会指出一条平坦大道，如果放弃它，就会走进困难境地。

【赏析】

人生于世，当立德于天地间，一身正气，不贪不妄，坚守原则。人与动物之不同，是人有良心，而动物有兽心。

有良心之人，有同情、怜悯之情，尊老爱幼，济危扶贫，除强扶弱。而动物则以强凌弱，弱肉强食。人要若是不要自己的良心，欺凌弱小，贪食贪色，放纵自己的话，虽然身为人，其实真跟动物也差不多了。

人有良心还不够，还应有正义走正路，坚持原则，不走歪路。走正路就是坚持圣人之道，行事以礼，有礼有节，不受诱惑和欲望的左右，这样自己的心路就会越加平坦，否则，就会走进困难的荆棘之中。

人欲死天下难救　人求福惟有自己

【原文】

天虽好生，亦难救求死之人；人能造福，即可邀悔祸之天。

【译文】

天虽希望万物都充满生机，却也无法救那一心想死的人；人如能自求多福，就可使原本要发生的灾祸不再发生，就像得到上天的赦免一样。

【赏析】

这句话说的是人是自己的主宰，人掌握着自己的命运，求福避祸，生死恩怨，全部都是掌握在自己的手中。有句话说："天作孽，犹可恕，自作孽，不可活。"人要固执己见，冥顽不灵，自寻死路，则大罗神仙也无可奈何，一切灾难，其实皆由人祸所致。国家覆亡，政权更迭，历朝历代的灭亡早归为天数已尽，但哪一代不是因为末期政府腐化，积重难返所致？一代代暴君，为己私欲，鱼肉百姓，肆意玩乐，搞得劳民伤财民不聊生，所以不是将军叛乱就是农民起义，另立了新政权。若当政者能认识到政权的朽败，锐意改革的话，则亦不失为中兴之主，所以历代衰亡福祸皆由自己而非天意。

薄族者必无好儿孙　恃力者忽逢真敌手

【原文】

薄族者，必无好儿孙；薄师者，必无佳子弟，君所见亦多矣；恃力者，忽逢真敌手；恃势者，忽逢大对头，人所料不及也。

【译文】

苛待族人的人，必定没有好后代；不尊师长的人，必定没有好子弟，这种情形见得多了。凭仗气力的人，必会遇上气力更大的人；凭仗权势的人，必会遇上权势更强的人，这是人所意想不到的事。

【赏析】

如果鄙视本族之人，那么儿孙必多不孝，上梁不正下梁歪，自己无德行，不能对人以礼，子孙必相效尤。对待本族的人都苛刻，何况对待外人。所以这样的人德行不够　，原因由于上代对其教育不好，那么他肯定教育不好后一代人。同理不尊师重道的人也不会有好的弟子，一个人言语之间不尊敬师长，教出来的弟子也必然不敬自己。因为父母、老师是儿子、弟子的楷模，他们的言行影响着下一代的言行。下一代会人以他们为典范来学习，所以自身无礼，下一代必然无礼。

恃力之人，一向自傲，不知道天外有天的道理，所以一旦碰到敌手，便会手忙脚乱，措手不及；倚势之人通常仗势压人，气焰嚣张，所以一旦碰到势力更大的人难免碰钉子，吃不了兜着走。所以不管有多大能力，有多大势力，也应该谦逊有礼，不恃强凌弱，不然早晚会吃大亏。

齐家先修身　读书在明理

【原文】

齐家先修身，言行不可不慎；读书在明理，识见不可不高。

【译文】

治理家庭首先要自我修养，言行定要处处谨慎；读书在于明达事理，定要使自己的见识高超而不低俗。

【赏析】

修身养性，是做人的要求，修炼自己的德行操守，人就愈加完善。而修身的两个重要方面就是言和行。言要中的，实事求是；行要符言，言行一致。这样自己才能逐渐地向圣人靠拢。那么齐家也就水到渠成了，自己说话、做事能成子孙之楷模，那么就会家业兴旺。

读书的目的是明理，不能以学知识为要，而应以悟道为要。陶潜读书不求甚解，诸葛亮读书只观其大略，都是这个意思。只有理解书中意思的精华才能够思想进步，见识增长。只读书而不悟理，书读越多，就越迷茫。

有守足重　立言可传

【原文】

有守虽无所属布，而其节不挠，故与有猷有为而并重；立言即未经起行，而于人有益，故与立功立德而并传。

【译文】

能谨守道义而不变节，虽对道义并无推展之功，却也有守节不屈之志，所以和有贡献、有作为一样重要。著书立说宣扬道理，虽未以行动付诸实践，但已使闻而信者得到利益，所以和立事业、建功德一样不朽。

【赏析】

退而守节虽然没有建功立业轰轰烈烈，但与建功立业一样重要，一样让人敬重。因为坚守道义同样是人生价值的崇高体现。功业在明处，守节在暗处。功业虽难立，守节更加难。古今中外，多少无名英雄，坚守道义，为世人奉献，却不为人所知。有的英雄喜欢站在风口浪尖，殊不知助推的暗流才是贡献更大者。

立一家之言，成一派之说，非为博取功名，乃是于人有益。黄宗曦、王夫之仅以著述立命，流传千古。凡是有价值的思想，一定能够泽及后世。马克思一部《资本论》，飘红了世界的半个天空。不管是坚守道义或立言成说有一个共同的原则：就是于人有益。有益之道，可守可重；有益之言，可传可立。

富贵应读书积德　愚少宜亲贤事长

【原文】

富不肯读书，贵不肯积德，错过可惜也；少不肯事长，愚不肯亲贤，不祥莫大焉！

【译文】

富有之时不肯好好读书，显贵之时不肯积下德业，错过了可为的机会实在可惜；年少之时不肯敬奉长辈，愚昧却又不肯请教贤人，这是最不吉祥的事情！

【赏析】

富贵之后，人们往往喜欢奢侈浪费，不再苦读诗书，骄横之心日益增长，不注意积善行德，而却鄙视穷人，巴结达贵。世间富裕之人，能做到富而好礼者很少，人们都喜欢富贵，却不喜欢积德读书，因为世人往往把富贵看成是目标，读书积德被看成是升官发财的途径，这样就本末倒置了，即使能“学而优则仕”，也是一个贪官污吏，不是一个为民谋福的好官。

很多年轻人有叛逆心理，认为自己比老年人进步，所以不听老人之言，我行我素，对老人不敬，结果导致吃了亏，碰了钉子。即使这样，心知老人教育得对，还是不愿尊敬老者，这是一种嫉妒心理在作祟。愚钝之人，明知自己犯了错误，也不愿承认；明知人家是贤者，说得对也不愿去遵循，这也是嫉妒心理。嫉妒是人生的大敌，嫉妒心理不除，自己就像装在套子里一样，身心不畅，事事不顺。

五伦立后有大经　四子成后有正学

【原文】

自虞廷立五伦为教，然后天下有大经；自紫阳集四子成书，然后天下有正学。

【译文】

自从虞舜教百姓以五伦，天下才有不可变易的人伦大道。自从朱熹集《论语》、《孟子》、《大学》、《中庸》为四书，天下才有奉为圭臬的中正之学。

【赏析】

理论都是人总结的，经典的理论都是圣贤之人总结的。虞舜创立五伦，朱熹集成四书，然后人伦大道和中正之学才得以流传。一部传世之作贵在形成传世思想，孔子以《论语》创儒家学派，西方以《圣经》开基督时代，《圣经》是谁人所写，已不知道，但《论语》是孔子的学生总结的，朱熹又是儒家集大成者。悉达多王子开创佛教，李耳开创道教。每一种理论和主张只有对世人有益，才能为统治者和大众所接受。统治者接受的理论用其愚民来维护统治，百姓接受理论为了让生活充满希望。在战后初安的年代宜用道家思想或佛家思想，战局稳定后宜用儒家思想。每种思想都是应时而生，并对时代有用。

朱熹（1130–1200）中国南宋思想家。字元晦，号晦庵。别号紫阳，祖籍徽州婺源（今属江西）。

钱能福人也能祸人　药能生人也能杀人

【原文】

钱能福人，亦能祸人，有钱者不可不知；药能生人，亦能杀人，用药者不可不慎。

【译文】

钱能为人造福，也能带来祸害，有钱的人一定要明了这一点；药能够救人，也能够杀人，用药的人不能不谨慎。

【赏析】

任何事物都是有两面性的，有钱是好事，但不义之财就会让自己有牢狱之灾，所以君子爱财，取之有道。钱多了也容易被贼人盯上，结果辛苦一生攒来的钱财，却害了自己的性命。钱多了也容易生骄奢之心，纵欲无度，不是死于欲望，就可能死于诱惑，所以人们常说钱多、福多、祸也多，正是这个道理。

药本是救人之用，但是药三分毒。用药不当，不但于病无济于事，而且可能丧失性命；用药过猛也可能矫枉过正，有性命之忧。所以药者，不可乱用，当谨慎从事。

耕读乃能成其业　仕宦亦未见其荣

【原文】

耕读固是良谋，必工课无荒，乃能成其业；仕宦虽称显贵，若官箴有玷，亦未见其荣。

【译文】

耕读并重固然是个好办法，总要在求学上不致荒怠，才能成就功业；做官虽然富贵显达，但是如果为官而有过失，也不见得就光荣。

【赏析】

这是教育人们安守本业，不要妄求富贵，急功近利，要摆正心态，安分守己。只要读书时保持一个良好心态，半工半读，一样能够学识大进，伺机而动，未尝不能成就大业。若只抱着“学而优则仕”的观念，只想读书为官，心浮气躁，那么学业就不会有所进益。要以为学心态求学，勿以为官心态求学。

一个人真的晋升仕宦行列，未必是真荣耀，霁月难逢，彩云易散，说什么荣华富贵，不过转眼云烟，有可能今朝为人臣，明朝就是阶下囚了。一旦为官有过，稍不小心就可能家破人亡。当官虽然人前荣，背后辛酸知多少？所以有官员慨叹，当官如履薄冰之艰辛。

知己乃知音　读书为有用

【原文】

人得一知己，须对知己而无惭；士既多读书，必求读书而有用。

【译文】

人生难得有一知己，但面对知己应无惭愧之处；人生得有一知己，读书之人既然读了很多书，总要学以致用才不枉然。

【赏析】

人生知己难求，若得一知己，则此生无愧。知己都是心有灵犀不点就通的，能够彼此感应对方。很多人孤独一生，没有知音。钟子期得遇俞伯牙成为千古佳话，知己者，能理解己心，使自己不寂寞。社会之中，人际关系最为复杂，人情冷漠，世态炎凉，即使亲兄弟为利益也可能出卖自己。

士人多读书，但不要读死书，读书的目的是要学以致用，若读书千册，胸无一策，读书有何益处？难道只是炫耀知识、哗众取宠吗？读书贵在增加智慧，解决世事。有人慨叹读书无用，实际上指的是死读书，只读其言，不解其义。若真正理解了书中真义，半部《论语》即可治天下了。

以直道教人　以诚心待人

【原文】

以直道教人，人即不从，而自反无愧，切勿曲以求容也；以诚心待人，人或不谅，而历久自明，不必急于求白也。

【译文】

以正直道理育人，即使不被人接受，但自己问心无愧，千万不要委屈自己而求得他人宽容；以一颗真诚的心对待别人，即使不被人理解，天长日久自然会明白，不需要急于解释什么。

【赏析】

这段话讲做事、待人，只要做到正直公平、问心无愧也就行了，即使被人鄙视也不要在意，因为对得起自己的良心，自己问心无愧。有些人喜欢取悦、迎合对方，唯恐自己话语不中其意得罪了他人。如果教人以直道，即使得罪人，也是得罪小人，不会得罪君子的，因为君子深知“忠言逆耳”的道理，而小人却喜欢“甜言蜜语”。以诚心待人，若发生误会，也不用过多解释，总有云开日出的那一天。一旦对方知道误解了你，而你却不计前嫌，便会获得对方的尊敬。若误会一发生，你就解释，可能会越描越黑，而且很可能给别人留下斤斤计较、小肚鸡肠的印象。

世事不必件件能　愿与古人心相印

【原文】

不必于世事件件皆能，惟求与古人心心相印。

【译文】

对于世间各种各样的事情，不必样样都知道得很清楚，但是对于古人的心神意趣，则应该彻底了解、心领神会。

【赏析】

世间并没有样样皆能的全才，只要有一技之长，做好分内工作，便可以成为一个对社会有用的人。一个人精力有限，学一件事物必然要放弃其他事物的学习时间，有所得必有所失。否则，贪习不足，事事都学，将会一事无成。只有专于一事，才能精益求精。我们应从古圣先贤的教诲中吸取有用成分，虚心体味古人心得，从而做到与古人心灵相通，来提高自己为人处世的经验。

一天作为心不渐　一生成就足自慰

【原文】

夙夜所为，得毋抱惭于衾影；光阴已逝，尚期收效于桑榆。

【译文】

反思每一天早晚的所作所为，暗中想起来是不是于心有愧？人生的光阴虽早已飞逝而去，总想晚年能看到一生的成就！

【赏析】

每日所为，要三思而行，不能对人生有愧。人生有很多遗憾，错误也经常发生，有时头脑一热，难免铸成大错，悔之晚矣。人生犹如走钢丝，一不小心就会掉入万丈深渊，所以每日当怀敬畏之心，尽量减少错误，以免晚年空自懊悔却于事无补。

既然韶华已逝，光阴不再，与其守着回忆空自悲切，倒不如珍惜现在，奋发努力，亡羊补牢，为时未晚。夕阳已近，更应快马加鞭，而不是空叹人生之悲！每日在唏嘘、蹉跎中度过，倒不如珍惜眼前事，做些力所能及的工作，还可能会有所收获；否则一生虚度，也只能沦为碌碌无为之辈，晚年带着愧悔的心情嗟叹！

求教殷殷　向善为笃

【原文】

遇老成人，便肯殷殷求教，则向善必笃也；听切实话，觉得津津有味，则进德可期也。

【译文】

遇到年长有德之人，便热心地请求教诲，那么向善之心一定深重；听到实在可行的话，便觉得津津有味，那么德业的长进是可以料想得到的。

【赏析】

俗话说："不听老人言，吃亏在眼前。"对于老成持重之人，要多请教，才能让自己少走弯路，避免误入歧途。年长之人，走的路就多一些，必有一些人生感悟可以启迪自己。如果能对老年人虚心求教，那么自己的德行便会长进。但是一般年轻人都有鄙视老人之心，为人颇为轻狂，不肯虚心求教，尤其是向地位不如自己的人。而且大多数人都不喜欢听刺痛自己要害的话，而对谄媚之词反而倍加喜欢。所谓"忠言逆耳利于行"，所以人一旦能放低姿态，虚心求教，一定会使自己不断完善，德行日益进步，从而提高自己的修养和素质，在事业上才能做出更辉煌的成就。

有真涵养　才有真性情

【原文】

有真性情，须有真涵养；有大识见，乃有大文章。

【译文】

要有真实的性情，先要有真正的修养；既然有高明的见识，必定能写出不朽的文章。

【赏析】

世人做事，很难达于“真”境，对人往往难免虚情假意，虚以委蛇；对事也难免流于形式、敷衍应付。真情总被世情掩，真性总被伪性埋。人生在世，如临深渊，如履薄冰。时时警惕，处处小心，甚至伪装自己以求自保，不敢明言以罪他人。这些本是人之常情，不应该再去非议。若没有修养，内心飘忽不定，做事、言谈就难辨清浊，因而容易把“真”装在套子里，结果费力伤神。若达真性之境，必要有真涵养方能做到。有真涵养者，以真性示人，心胸开阔，识见高明，这样才能下笔如有神助，成千古佳文。妙文来自真知，真知来自真性，真性来自真涵养。

为善要讲让　立身务得敬

【原文】

为善之端无尽，只讲一让字，便人人可行；立身之道何穷，只得一敬字，便事事皆整。

【译文】

行善的方法无穷无尽，只要能讲一个“让”字，人人都可做到；处世的道理何止千万，只要做到一个“敬”字，就能使诸事规范起来。

【赏析】

“让”道尽善之真义，所谓气是惹祸根苗，忍让退步祸自清，遇事以忍为高；让还有另外一层意思是谦让，谦让在事发之前，由善心使然，忍让在事发之后，由善心扼制。为善者，能施之人很多，能让之人却少。老子说：“夫不与之争，孰能与之争。”为一口气或一点蝇头私利，争个头破血流，不但可笑，更是悲哀。“让”可保身，“敬”可立命。若欲做事成功，则有一“敬”字诀，对他人敬，则他人也会皆敬己。正是“人先自敬而后人敬之”。待人以敬，处事以公，心存敬畏之心，那么便会得道多助，事事顺利。

是非要自知　正人先正己

【原文】

自己所行之是非，尚不能知，安望知人？古人已往之得失，且不必论，但须论己。

【译文】

自己的行为举止是对是错，还不能确实知道，哪还希望知道他人的对错呢？古人过去所做之事是得是失，暂且不要评论，重要的是先要明白自己的得失。

【赏析】

人贵有自知之明，自知之人才是明智之人，才有资格知人，这是做人的基本准则。如果连自己都不了解，何谈了解他人？自己行事尚且是非不分，清浊不辨，又怎么能知道别人做的是对是错？大家在评论他人时，往往指责他人之过，而对己身之过，却不自省。更有甚者，明知己过，却欲盖弥彰，结果贻笑大方。古人说：“静坐长思己过，闲谈莫论人非。”他人得失与己无关，何必计较他人之过错，满足自己一时之虚荣？《论语》讲，要日三省吾身。自省是为人的准则，只有反省好了自己，不断提高自己的修养和智慧，才能明辨是非，知己明人才会客观，才有资格教育他人并赢得他人的尊重。

仁厚为儒家治术之本　虚浮为今人处世之祸

【原文】

治术必本儒术者，念念皆仁厚也；今人不及古人者，事事皆虚浮也。

【译文】

治国之所以要本于儒家的方法，主要原因就在于儒家治国之道都出于仁爱宽厚之心；现代人之所以不如古代人，主要之点就在于现代人所做之事都不实在。

【赏析】

“仁”是儒家思想的精华。治理国家以儒为本，那就会民心求仁，互敬互爱，民风淳朴。当政者施仁政，则处处以“仁”为出发点，体贴民情，以礼治国，上引下行，至仁德之风盛，则国泰民安。儒家思想一直被奉为治国之清泉。自从董仲舒独尊儒术之后，儒家的仁德便成为治国的典范，为历代文人推崇，但统治者一般施行外儒内法，对外推行儒术多是作秀于民，对内统治仍会以法为基础。至于厚古薄今是历代文人的通病，总觉今世之风不如古时，殊不知古时亦然，阳儒阴法是统治者千年不变的施政法则。儒家的仁德思想，过去是统治阶级用于调和阶级矛盾的工具。

大义之忍　并非不怒

【原文】

莫之大祸，起于须臾之不忍，不可不谨。

【译文】

再大的祸患，起因都是由于一时的不忍耐，所以凡事不可不谨慎。

【赏析】

“小不忍则乱大谋”；“一招不慎，全盘皆输”。所以做人、做事当谨慎小心，须从全局考虑，不可义气用事。若为一口气闹得家破人亡，实在是草莽一个。殊不知千里之堤乃溃于蚁穴，万仞之山也会崩于鼠洞。所以一件小事很可能引起轩然大波，自古至今，这样的例子不胜枚举。因此遇事一定要冷静思考，三思而行，能忍则忍，能让则让，一时冲动所做出的事情只会让自己后悔不迭，抱憾终生。韩信千古一将，战无不胜，落魄之时尚能受胯下之辱，如若他当时为泄一时之愤而贸然杀人，那历史恐怕就要改写了吧？成就功业的英雄，多是能忍之人。项羽不能忍，因此乌江自刎；刘邦肯忍，所以霸业得成。心胸宽阔、能屈能伸才是君子所为。

我为人人　人人为我

【原文】

家之长幼，皆依赖于我，我亦尝体其情否也？士之衣食，皆取资于人，人亦曾受其益否也？

【译文】

家中老小都依靠自己生活，自己是否曾去体会他们心中的情感和需要呢？读书之人衣食全由他人劳动所得，是否曾让他人也得到些利益呢？

【赏析】

在家若是一家之主的话，那么家中老幼皆依赖于自己！那自己就是家人的旗帜，夜阑人静时，不妨好好想想，自己是否真正的做到了一个合格的一家之主应该做的事情：自己有没有成为子女的表率，对子女爱护教导，引之正道？自己有没有尊敬孝顺以尽人子之责？只有都对这些问题给出了肯定的答案才能无愧于先辈和天地。

读书之人不耕田，却享受他人的供给，难道读书人对百姓没有愧疚之心吗？百姓用税收供应读书之人，而读书人又有几人真正去为百姓谋福利？有几人去传播学问来回馈万民？只有对百姓多加教化才能使百姓更加积极向上，奋发努力，进而推动社会的进步。读书之人能这样做才算没有辜负百姓供养之恩呀！

势家女公婆难做　富家儿师友难为

【原文】

最不幸者，为势家女作翁姑；最难处者，为富家儿作师友。

【译文】

最不幸的事，莫过于做有财有势家之女的公婆；最难相处的，就是做富家子弟的教师和朋友。

【赏析】

世间有钱有势之人，往往依仗财大气粗，仗势欺人。即使心不欲此，言谈举止未免流露出仗势之风。翁姑本为媳妇长辈，若媳妇势大，翁姑有权难行，境地尬尴，骑虎难下。为富裕子弟之师，严不是，宽也不是；与富裕子弟交友，亲不是，远也不是。富家子弟心怀骄贵，万事不求人，气势上总是压人一等。所以物以类聚，人以群分。虽然，富家子弟也不乏谦逊有礼之人，但这只是极少数之人，即使对方谦逊，又因自己的内心不平等原因而总出现问题。尽管有的势家女子乖巧孝顺，但翁姑也会受宠若惊，心怀敬畏，外表高兴，心实不安。因此，古人交友择人，求婚娶亲讲究门户之分，颇有道理。

儒者多文为富　君子疾名不称

【原文】

儒者多文为富，其文非时文也；君子疾名不称，其名非科名也。

【译文】

读书人的财富便是文章多，然而并不是指应付考试的文章；有德之人忧虑名声不能为人称道，这个名并不是指科举之名。

【赏析】

儒者最大的目标是写尽天下文章，所以文章多便是儒者最大的欣慰。君子最大的目标是留名于世，所以名声好便是君子最大的欣慰。真正的儒者不屑于应付八股考试的文章，如王夫之，顾炎武等，他们的理想在于著书立说，成一家之言，影响世人，留福后世。真正的君子也不屑于科举之名，他们重德、重修养，希望自己的德行成为世人楷模。如孔子，不求一定做得高官，只求能立大德，所以孔子四处奔波推行自己的主张，广为传播自己的德行，宁愿辞掉鲁国的高官而受颠沛流离之苦，目的就是让自己的德行影响当世、造福后世。

八字收放心　八字干大事

【原文】

博学笃志，切问近思，此八字是收放心的功夫；
神闲气静，智深勇沉，此八字是干大事的本领。

【译文】

广博的学问、坚定的意志、切实地请教、仔细地思考，这是求学问应有的功夫。心神安详、气质沉稳、智慧深刻、勇气沉毅，这是做大事所需的能力。

【赏析】

求学之人要有坚定的意志，敏锐的思考，切实的请教和广博的学问，只有这样，才能达到明智的境界。一个人聪明是天生的，智慧却是后天可以学习到的。智慧的花朵若没有辛勤的灌溉是不会轻易开放的；智慧的果实，若不去认真采摘，就没有丰收的希望；智慧的的天空不去翱翔就不知道天空的宽广。有智慧者不一定能成大事，成大事之人更需要心志的沉稳。神闲气静，智深勇沉，要有猝然临之而不惊，无故加之而不怒的心胸和气魄。面对千钧一发的抉择，只要有勇气和魄力去承担，才有可能成就大事。

益友肯规我之过　小人必徇己之私

【原文】

何者为益友？凡事肯规我之过者也；何者为小人？凡事必徇己之私者是也。

【译文】

哪一种朋友算是益友呢？凡做事有不对之处而肯规劝我的便是益友；哪一种朋友算是小人呢？凡有过错只会一味偏袒自己的便是小人。

【赏析】

益友对自己的过错能诚恳地提出批评，进而帮助自己不断克服、完善和进步；而小人只是一味顺从自己的心意，不管自己犯多大错误，一味谄媚讨好，纵容自己的私欲，使自己在堕落的泥潭一陷再陷。所以说有一益友，如鱼之有水，如花之有蜂；与小人为友，则如涸泽之鱼，温室之花。得益友如禾苗得甘霖，滋润生命；得佞友，若揠苗之助长，虽然一时高昂，但是生命的根基已断。益友洗涤灵魂，佞友让灵魂被灰尘蒙垢。然世间之人，真正珍惜之人很少，大家总喜欢甜言蜜语，对错误讳疾忌医。亲贤臣、远小人是诸葛亮对后主的希望，但后主还是带着相父的教导与蜀国一起灭亡了。可见，真正能做到亲善君子、远离小人的境界实在不易，我们也只有在生活中时刻注意，尽力而为就行了。

事观已然知未然　人尽当然听自然

【原文】

事但观其已然，便可知其未然；人必尽其当然，乃可听其自然。

【译文】

事情只要看它已经如何，便可推知它未来怎样；一个人要努力做到他的本分，其余就可以顺其自然了。

【赏析】

事物的发展是有规律可循的，从事物发展的过程中便可看出其发生、发展、灭亡的规律，从而推断下一步该向哪个方向发展，进而了解、控制事物的整体发展状况。这是哲学上的发展观。而人的修养与事物不同，人的修养以君子为标准，不逾矩，还能随心所欲是最高境界。这也是孔子到七十岁时才能达到的境界。一个人做好自己本分的事情，不越轨，不出格，做到恰到好处，这就够了。其他的事情不必强求，顺其自然即可，能做到这样，修养就到了一定的境界了。比如一个老师，就是要把学生教好，至于学术成就无须很在意。一个企业家就是要使利润最大化，若能再对社会的公益事业也做出贡献当然更好，但也不要勉为其难。

小心谨慎必善后　高自位置难保终

【原文】

小心谨慎者，必善其后，畅则无咎也；高自位置者，难保其终，亢则有悔也。

【译文】

小心谨慎的人，一定谋求事后的安全，因为戒惧便不会犯过错；身居高位的人，很难维持长久，因为达到顶点就会走下坡路。

【赏析】

盛极必衰，否极泰来，这是事物发展的规律。做事先想后路，就不会有临渊无路的担忧；骑虎先想下虎，就不会有骑虎难下的局势。考虑周全，就会诸事无忧；一招不慎，则可能全盘皆输。身居高位，往往高处不胜寒，稍不小心，就会跌下万丈深渊。越是好事越隐藏着危险，正所谓福兮祸所倚，所以人得意时不能忘形。如果没有自知之明，盛气凌人，也许就是将要沦为阶下囚的时刻。世间诸事，春去夏至，暑去寒来，循环变化，捉摸不定，唯有心中有恒，诸事虑后，不论兴衰成败，皆以平常之心待之。则会去留无意，宠辱不惊，一生平安幸福快乐，而不会有忧愁。

勿以耕读谋富贵　莫以衣食逞豪奢

【原文】

耕所以养生，读所以明道，此耕读之本原也，而后世乃假以谋富贵矣；衣取其蔽体，食取其充饥，此衣食之实用也，而时人乃借以逞豪奢矣。

【译文】

耕田是为了糊口活命，读书是为了明白道理，这是耕田和读书的本意，然而后世之人却当作谋求富贵的手段；穿衣是为了遮体，吃饭是为了充饥，衣食原本是为了实际的需要，然而现在之人却用以夸示奢侈豪华。

【赏析】

做事求本，有用则足，粗衣淡饭能给养生命，又何求浮华盛宴？再名贵的衣服也是蔽体之用，有布衣足矣，追求奢华，骄人纵欲，都是思想出现邪恶的表现。世间之人竞争奢侈之风，唯恐自己被别人鄙视，所以吃饭穿衣，挖空心思，标新立异，结果不是家破人亡，就是贻笑大方。石崇与王恺斗富，不但丧失财富，连命都没保住；安徒生童话里那个花大价钱雇来的骗子缝制的那套裸体盛装，不足引以为戒吗？做人当朴实无华，一切吃穿用度，恰到好处，何必事事争强，用以炫耀？身外之物，终不带走，百年之后，不过寸土之穴！君不见晴翠接荒城之处的那片荒冢，正是当年的王侯将相的宫殿！凡所有相，皆为虚妄，又何必苦苦寻求，空为外物所累呢？

士知学恐无恒　君子贫而有志

【原文】

士既知学，还恐学而无恒；人不患贫，只要贫而有志。

【译文】

读书人既知学问的重要，就只怕学习之时缺乏恒心；人不怕穷，只要穷得有志气。

【赏析】

恒心和志向是一个人最重要的品质。恒心如日月之光，照亮心路，充满恒久的希望；志向是心灵的营养，不断滋润心田，让心灵丰收。有志之人必有恒，无志之人常立志，有恒之人必有志，无恒之人志如风。恒心与志向也是不可分割的，以恒养志，志如天，以志导恒，恒若水。一个有志之人，一个恒心弥坚之人，他一定会在事业上取得非凡的成就的，不管他做什么都会成功。学习立志而守恒虽未敢肯定就能成为圣人，但也不失为一代名流。君子安贫乐道，志坚似钢，困顿而坚守其节，是未逢其时，若有朝一日，鱼跳龙门，必能飞黄腾达，贵不可言。

用功于内者心秀　饰美于外者心空

【原文】

用功于内者，必于外无所求；饰美于外者，必其中无所有。

【译文】

内在努力、追求进步的人，必然对外在事物没有苛求；外表装饰、只图好看的人，必然没有什么涵养。

【赏析】

心为内，形为外，心灵充实，就会鼓起人生的风帆乘风破浪；若心灵空虚则如随波逐流的小船，随时会被风浪掀翻。形体不过是具行尸走肉而已，修饰得再美丽，也是一具空皮囊，了无用处。关注外表之美的人，心灵空虚，虚荣心强，性情狂傲，目空一切。关注心灵之美的人，心静如水，心沉意稳，不骄不躁，谦虚谨慎。心灵美的人外表即使丑陋，也会在心灵的映照下熠熠生辉。心灵丑的人外表即使靓丽光鲜，也会在肮脏的心潭中，污垢不堪。心灵空虚的人生犹如断线的风筝，一直牵挂的那道希望，已被风撕扯成人生的忧伤。心灵充实的人生好似离弦的利箭，在目标明确的刹那间，疾速的行动让你的人生穿透希望的空间。

盛衰之机贵人谋　性命之理求实用

【原文】

盛衰之机，虽关气运，而有心者必贵诸人谋；性命之理，固极精微，而讲学者必求其实用。

【译文】

兴盛衰败，虽然有时和运气有关，但有心人一定在人事上求得完善；有关天命的道理，固然十分微妙，但追求这方面的学问，定要能够实用。

【赏析】

盛衰人谋乃成，命理实用方好。今朝之寒子，明朝之高大。贩履街头看刘郎，数载沉浮为蜀王。所以说由贱到贵，由贫到富，贵在人谋。刘备年近半百而功业未建，怆然涕下于厕间。待三顾茅庐，诸葛亮出山，三分天下计，隆中八卦图，刘备方才如鱼得水，吞并荆益二州，大业始成。后主刘禅无勇无谋，贪图享受，重用奸佞，导致百年基业一朝丧。可见由盛及衰，实乃人祸，而非天机。命理一说，固然十分微妙，但探究命理，不能陷入玄之又玄的理论，当以实用为要，使命理成为处世哲学，于人有益。若一味求取虚幻，研究玄理，那么会深陷迷茫而不能自拔。不但对世人没有一点帮助，还会搅扰得自己心绪迷乱。

资性不足限人　境遇不足困人

【原文】

鲁如曾子，于道独得其传，可知资性不足限人也；贫如颜子，其乐不因以改，可知境遇不足困人也。

【译文】

像曾子那样愚笨的人，却能明白孔子之道而阐扬于后，可见天资并不足以限制一个人；像颜渊那样贫穷的人，却不因此而失去他的快乐，可知境遇并不足以困住一个人。

【赏析】

天资并不能决定一个人能否成功，后天的努力才是最关键的；境遇也不能决定一个人的地位，世事无常，寒暑易变，贫富易主的事也经常发生。天资只能说明一个人的智商，勤奋则是一个人情商的表现，逆境中奋进的精神，坚持不懈的意志也是一个人情商的表现。在这个社会上要想获得成功，情商占有关键的作用，任何一个成功者无疑都有着高情商。世界上最伟大的推销员乔吉拉德，也不是一个天生聪明之人，也曾经困顿，但他却依靠着自己坚持不懈的努力，登上了推销的巅峰。他销售的秘诀只有一个，就是坚持不懈地向每一个人发名片。这就是他在介绍经验时说的话。

敦厚之人可托大事　谨慎之人能成大功

【原文】

敦厚之人，始可托大事，故安刘氏者，必绛侯也；谨慎之人，方能成大功，故兴汉室者，必武侯也。

【译文】

忠厚诚挚的人，才可将大事托付给他，因此能使汉朝安定的，必是周勃这个人；言行谨慎的人，才可能建立大功业，因此能使汉室复兴的，必是孔明这个人。

【赏析】

周勃　秦末汉初的军事家和政治家、西汉开国功臣，沛县（今江苏沛县）人，汉高祖时封为绛侯。

忠和慎是辨别人才的标准，忠诚之人可委以重任，谨慎之人可用之立业。忠诚者，对人一心一意，做事尽心竭力；谨慎者，虑事周全，万事俱备。在关键时刻用谨慎之人，由于思虑缜密，所以不会出错，关键时刻一旦疏忽大意，可能全盘皆输，从此万劫不复。委以大事当用忠诚之人，忠诚之人事事为主考虑，面对诱惑毫不动心，即使面临生死抉择，也会誓保主人基业。周勃是忠诚之人，所以成为三朝元老，为君主所重用；诸葛亮既是忠诚之人又是谨慎之人，蜀汉兴建之前，诸葛亮更多突出的是谨慎之风，谨慎往往能在关键时刻成就大业。所以诸葛亮受命于危难之间，能东合孙权，赤壁破曹；而关羽却骄傲大意，没有听从诸葛亮东联孙权的嘱咐，所以大意失荆州，兵败麦城。

已成之祸难以救　难宥之罪不能保

【原文】

以汉高祖之英明，知吕后必杀戚姬，而不能救止，盖其祸已成也；以陶朱公之智计，知长男必杀仲子，而不能保全，殆其罪难宥乎？

【译文】

像汉高祖如此大略的帝王，明知死后吕后会杀他心爱的戚夫人，却无法挽救阻止，那是因为祸事已经酿成了；而如陶朱公那样足智多谋的人，明知他的长子会杀害其次子，却无法加以保全，那是因为次子的罪孽本来难以原谅。

【赏析】

木已成舟的事实不能改变，只能接受。如果祸事已成，避祸是不可能的，只能事后弥补；如果罪过已酿，想阻拦也已来不及，只能认罪伏法。所以避祸免罪之道，应当未雨绸缪，防患于未然，待到亡羊补牢已经于事无补。世人皆叹祸不单行，却不知祸必有根，根端未除，祸水早晚要到。世人皆怜罪罚太重，却不想犯罪时，邪由心起，恶从胆生。法网恢恢，疏而不漏，罪不重不足以警世人。每日谨小慎微，虑事周全，祸端便不会起。修身养性，待人以礼，则争端不生，罪罚不加。为何偏要祸后补过，罪后求保呢？阻止祸乱，不去犯罪，岂不万事大吉。

即物穷理　反省己心

【原文】

紫阳补大学格致之章，恐人误入虚无，而心使之即物穷理，所以维正教也；阳明取孟子良知之说，恐人徒事记诵，而心使之反己省心，所以救末流也。

【译文】

朱子注大学格物致知一章时，特别加以说明，只怕学人误解而入虚无之道，所以要求穷尽事物之理，目的在维护孔门正教。王阳明取孟子良知良能之说，只怕学子徒会背诵，所以定要他们反观自己的本心，这是为了挽救那些只知死读书的人。

王守仁　字伯安，号阳明子。因病告归期结庐于会稽山龙瑞宫旁之阳明洞，故世称阳明先生。

【赏析】

无论学习什么知识，穷究什么道理，一定要记住一点，本心不能迷失。要用自己的观点一以贯之，才能有所收获而不被异端邪说迷惑，边思边学，学以致用，既要穷极物理，又要反省己心，把别人之说化为自己的智慧，这样的学习才能明理悟道，成为一代宗师，朱熹是儒学大师，上述学习方法便是朱熹的学习经验总结，其实不只是朱熹，凡是有大成就者一般都是这样学习的。苏轼说读书要带着问题去读，才会学有所成，心有所悟。所以学习不要死，重在悟道。看书中之道是否与己心相合，反省己心以获得进步，不要完全相信书本知识，尽信书则不如无书。

不只是读书如此，学任何事情都重在一个“悟”字，注意领悟事情的精神实质而不是一味的简单模仿。

处事宜宽平　持身贵严厉

【原文】

处事宜宽平，而不可有松散之弊；持身贵严厉，而不可有激切之形。

【译文】

处理事情要宽厚平和，但是不可因此而松懈、散漫；立身最好能够严格要求，但是不可过于激烈、急迫。

【赏析】

严于律己，宽以待人，对自己要求务必严格，能提高自己的品位和思想，不断地完善自己的性格，使自己少犯错误。对自己严格要求，也能获得别人的尊重，从而成为别人的楷模。对别人务必宽容，宽以待人，容忍别人的错误，谅解别人的难处，从而也就获得了别人的尊敬。生活中如果能做到严于律己，宽以待人，就会事事顺心春风得意。在工作中要做到严于律己，宽以待人，则会上得领导赏识，中为客户赞许，下能团结员工。这样发展下去公司一定蒸蒸日上，业绩也会日盛一日，自己晋升的机会也自然增多，人生也一定过得很充实。

天地且厚人　人不当自薄

【原文】

天有风雨，人以宫室蔽之；地有山川，人以舟车通之。是人能补天地之阙也，而可无为乎？人有性

理，天以五常赋之；人有形质，地以六谷养之。是天地且厚人之生也，而可以自薄乎？

【译文】

天上有风有雨，所以人造房屋来遮蔽；地上有山有河，人造车船来交通。这就是人能弥补天地之缺失，岂可无所作为呢？人有理性，天以仁、义、礼、智、信作为其秉赋；人有形体，地以黍、稷、菽、麦、稻、粱来养活。天地对人尚且优厚，人岂能妄自菲薄呢？

【赏析】

面对任何困难，都不要退缩，困难像弹簧，你弱他就强，只要面对困难不退缩就一定能克服困难。不能因为自己出身不好，条件不利就妄自菲薄、自怨自艾。天生我材必有用，任何人才在成长过程中都会遇到这样或那样的不顺，要善于在逆境中坚持奋进，就一定会成为对社会的有用之才。若沉沦堕落，那么即使一点小小的不顺也能把自己打倒。

想成就大事的人一定要心怀自信，自信是推动器，推动自己的人生不断前行。如果因为身处逆境而妄自菲薄，那么只能让自己丧失斗志，一蹶不振。

知万物有道　悟求己之理

【原文】

人之生也直，人苟欲生，必全其直；贫者士之常，士不安贫，乃反其常；进食需箸，而箸亦只悉随其操纵所使，于此可悟用人之方；作书需笔，而笔不能必其字画之工，于此可悟求己之理。

【译文】

人生来身体便是直的，可见人要活得好，一定要直道而行；贫穷本是读书人应有的，读书人不安于贫困，便是违背了常理；吃饭需用筷子，筷子由人使用以选择食物，由此可以了解用人的方法；写字需用毛笔，而笔并不能使字美好，于此可以明白凡事反求诸己的道理。

【赏析】

求人莫若求己，人贵在有自立精神。如果被别人掌控，那么人生就毫无意义了。人有思想、有目标、有追求，应该在生活中活出自己的个性来，这样的人生才会精彩。要是生活任人摆布，那与动物何异？走自己的路，才能品出生活的滋味，才能尽情享受生活的乐趣。

人生就像一场戏，每个人都有登场的机会。我们要时刻准备着把自己的角色扮演好。在现实中，有太多没有主见缺少自立精神的人。更有甚者，只把希望寄托在别人身上。自己的戏总须自己演，不懂的可以请他人指点，但绝不能找替身，因为人生只有自己才能演自己的戏。

遗德莫遗田　勤奋定有济

【原文】

家之富厚者，积田产以遗子孙，子孙未必能保，不如广积阴功，使天眷其德，或可少延；家之贫穷者，谋奔走以给衣食，衣食未必能充，何若自谋本业，知民生存勤，定当有济。

【译文】

家中富有的人，将积聚的田产留给子孙，但子孙未必能够保有，不如多做好事，使上天眷念其阴德，也许可使子孙福分绵长；家中贫穷的人，想尽办法筹措衣食，衣食未必能够充足，不如努力于自己的职业，以知民生的根本在勤奋，也许多少会有所帮助。

【赏析】

家族企业成为百年基业的原因不是财富的代代积累而是留下了一种精神得以延续。同仁堂、全聚德这些老字号靠的是口碑相传，传的是一种精神；福特汽车、洛克菲勒家族、摩根财团，成为代代延续的世界性的巨无霸靠的也是一种精神，这种精神是企业成功的秘诀，也是企业不断发展壮大的秘诀，这就是成功人士所奉行的“德”字精神，所以即使可口可乐倒闭了，靠它的品牌也能很快崛起。因为可口可乐的创始人留下的最大财富就是如何经营好可口可乐的品牌，而不是可口可乐的财产。

如果贫穷就应该安守本业，不要四处奔波筹措衣食，不管是什么行业只要持之以恒，都能守得花开结果，所谓“一招鲜，吃遍天”，只要有一项技能就不至于贫穷。所以不管干什么，勤奋和持之以恒还是最重要的。

友以成德　学以愈愚

【原文】

友以成德也，人而无友，则孤陋寡闻，德不能成矣；学以愈愚也，人而不学，则昏昧无知，愚不能愈矣。

【译文】

朋友可以帮助德业的进步，人如果没有朋友，则学识浅薄，见闻不广，德业便难以有成；学习是为了免除愚昧。人如果不学习，必定昏庸无知，愚昧的毛病就不能医治。

【赏析】

良友成德，佞友损德。朋友自然是人生最留恋的光景。但并不是所有的朋友都对自己的身心有所帮助。选友要择善而从之，好的朋友，是心灵的甘霖。佞友过于亲密，则会拉自己一起陷入堕落的泥潭。人如果没有良善的朋友，只有一群狐朋狗友，那么自己就会孤陋寡闻、见识浅薄；人要是有良师益友，即使自己德行不多，整日耳濡目染，也会变成君子。

但如何交到促己进步的良友呢？只有自己不断学习，使自己充满智慧，正所谓人以群分。当兴趣爱好日益一致时，那么你周围的朋友也就是良益之友了。如果不学习，那么昏庸无知，自己也只能与一些小人为伍，德业不长进，反而会日益堕落。

犯罪难逃罪　得财仍破财

【原文】

明犯国法，罪累岂能幸逃；白得人财，赔偿还要加倍。

【译文】

明明知道而故意触犯国法，岂能侥幸逃避制裁；平白取人财物，偿还恐须更加几倍。

【赏析】

有因必有果，不义之财不属己，若因犯罪得到的财富，不但会使自己每日惊恐，而且事情败露的话，还有可能家破人亡，这说到底都是一个欲字惹的祸。多少高官纷纷落马，昨日还荣华富贵，今日却成为阶下之囚。但人们却乐此不疲地竞相追逐，前任官员刚入狱，后任官员接着贪。陈良宇、邱晓华都是国家省部级高官，身负人民重托，总理厚望，在财富面前，那只罪恶的手一伸，就把自己带进了地狱，再也回不来了。自古至今，贪污腐败绵延不绝。贪欲难平，得陇望蜀，权臣奸相，误国误民，不管是明代的严嵩、清代的和珅，还是执行死刑不多久的国家前药监局局长，他们都是高官，他们都被时人所仰慕，但他们因为看不透罪犯难逃其罪的理，最终毁在自己的欲望上。

浪子回头金不换　贵人失足损于德

【原文】

浪子回头，仍不渐为君子；贵人失足，便贻笑于庸人。

【译文】

浪荡子若能改过而重新作人，仍可成为一个无愧于心的君子；高贵之人一旦做了错事，连庸愚之人也要嘲笑。

【赏析】

浪子不被人们不关注，甚至会遭到鄙视。浪子回头从善，人们便会惊讶。本来受鄙视的粗鄙之人为何变成仁人君子了？人们感叹这种情况纯属偶然是凤毛麟角的，所以认为千金也难换得。贵人在人眼中是人们的楷摸和典范，有仁义、有修养是再正常不过的事情了，人们对贵人仰慕，认为他们有圣人之风，不会犯错误，所以只要人们心中敬重的贵人犯下一点错误，就觉得不可理解。另外，由于贵人知名度高，贤愚皆知，妇孺皆晓，一旦犯下错误，人皆以之自比，认为贵人都犯错误，普通人若犯错更可原谅了，所以人们若在高位都会有如临深渊的感觉，每日小心敬畏不敢有丝毫差错。

饮食有节　男女有别

【原文】

饮食男女，人之大欲存焉，然人欲既胜，天理或亡，故有道之士，必使饮食有节，男女有别。

【译文】

饮食男女，是人之欲望中主要的，然而如果放纵它，使之凌驾于一切之上，则可使道德天理沦亡。所以有道德修养的人，一定要饮食有节度，男女有分别。

【赏析】

饮食、男女之事都来自欲望，一为物欲，一为色欲，欲望太过于放纵就会道德沦丧。所以人人要懂得节制，无欲则刚，做到饮食有节，男女有别。但世间之人明此理者虽多，真正悟此道者却少。叹世上皆是痴人，皆是贪人，皆是忙人。世俗红尘，忙忙碌碌。只不过都是在追求物质欲望和色欲而已。多少人为财富倾家荡产？多少高官，包养情妇，导致身败名裂。一个“欲”字毁掉多少似锦前程？一个贪字破碎多少黄粱美梦？然而，贪官污吏，不法奸商仍然前仆后继，明知山有虎却向虎山行，抱存侥幸心理，希望能逃一劫，等到东窗事发，又空悲切。忏悔书洋洋洒洒挽不回一念之差，顿胸捶足追悔莫及补不上失节之憾。既如此，何不扼制欲念，有节有制，不去触摸那隐藏着凶兵利刃的诱惑？

耐贫贱易　耐富贵难

【原文】

东坡《志林》有云："人生耐贫贱易，耐富贵难；安勤苦易，安闲散难；忍疼易，忍痒难。能耐富贵，安闲散，忍痒者，必有道之士也。"余谓如此精爽之论，足以发人深省，正可于朋友聚会时，述之以助清谈。

【译文】

苏东坡《志林》一书说："人生要耐得住贫贱容易，要耐得住富贵却难；在勤苦中生活容易，在闲散里度日却难；忍受疼痛容易，忍受躁痒却难。如果这些难耐的富贵、闲散、躁痒，都能耐得、安得、忍得，这个人必是有相当修养的人。"我认为像这么精要爽直的言论，足以让人常常地体会，并适合朋友相聚时加以议论，以增添谈话的内容。

【赏析】

贫而乐道者很多，因为境遇困顿，无力改变。若再心生忧怨，整日在忧郁中度过，精神不振，那无异于自取其祸。倒不如，守贫自乐，看淡世事，这也是无奈之举。若不耐贫贱，铤而走险，寄希望于一朝富贵，那到头来，有可能家破人亡，身败名裂。即使有幸瞒天过海，获了不义之财。或巧遇贵人相助，一朝暴富的话，那么守富贵比安贫贱将会更加难。因为贫而乐道易为，富而好礼难作。富贵之人往往仗富倚势，骄傲自大，不明白世间富贵如浮云，今朝登金殿，明朝阶下囚的盛衰之道；也不明白富贵而持勤俭，才是长久之道。但多数人富贵后，就开始奢侈，奢侈一起，富贵将败。多少企业的沉没，富豪的败落，都是因为骄奢之志，从而疏忽大意！所以耐富贵难，能做到富而好礼、富而长久的人必定修养高，让人敬佩。

苏轼　（1037—1101），字子瞻，号"东坡居士"，眉州眉山（今四川眉州）人，北宋著名文学家、书画家。

险奇一时　常者永世

【原文】

凡人世险奇之事，决不可为，或为之而幸获其利，特偶然耳，不可视为常然也。可以为常者，必其平淡无奇，如耕田读书之类是也。

【译文】

凡是世上危险奇怪之事，不要去做，虽然有人做了而侥幸得利，那也不过是偶然罢了，不可将它视为常理。可以作为常理的，一定是那些平淡无奇的事，例如耕田、读书之类便是。

【赏析】

这一句话讲，冒险精神不可取。做事当求稳，比如在股市里沉浮，切忌孤注一掷，这样极有可能倾家荡产；但要一心求稳，不期望暴利，那么放眼长线或买几款基金即可。但稳定的人生是注定没有激情的，太求稳定有时是没有魄力的表现。风云一时的英雄，都是甘于冒险的人，只有冒险，才有可能获得极大成功。所以曾连续两年蝉联中国首富桂冠的国美集团董事长黄光裕说：一件事情只要有三分把握他就去做。索罗斯如果一心求稳怎么会成为金融大鳄？正是利用两德统一之机，在英国狠赌英镑下跌，才一举发家。若做事首尾顾及，畏手畏尾，自然可以永存世间，但最终也只能是碌碌无为，平淡一生。因此，有时候还是应该提倡冒险精神的。

忧先于事故能无忧　事至而忧无救于事

【原文】

忧先于事故能无忧，事至而忧无救于事，此唐史李绛语也，其警人之意深矣，可书以揭诸座右。

【译文】

如果事前忧虑，事到临头就不会有忧虑了；如果事到临头才去忧虑，对事情已经没有什么帮助了。这是唐史上李绛所说的话。这句话警策意味深长，可以将它题在座旁，时时提醒自己。

【赏析】

未雨绸缪，防微杜渐，才是避祸之道；待亡羊补牢，雨天补屋，为时已晚。一年之计在于春，一日之计在于晨，凡事预则立，不预则废。人无远虑，必有近忧。对人、对事，都要料之于先，认真计划，考虑完备，谨慎小心，才不会猝不及防，措手不及。在事情发生前，就了然于胸，知事何时可成，何时可败，败时用何弥补，如果一切都预先做好准备，又怎么会有忧愁烦恼呢？有些人慨叹事之不济，埋怨机运不好，更有甚者，叹己命薄，无缘成事，把一切成败功过归结于天，以谋事在人、成事在天为自己开脱。殊不知，非天不让自己成，乃是谋时未谋全，算近未算远，计划不到、虑事不周造成的。

静者心不妄动　敬者心常惺惺

【原文】

程子教人以静，朱子教人以敬，静者心不妄动之谓也，敬者心常惺惺之谓也。又况静能延寿，敬则日强，为学之功在是，养生之道亦在是，静敬之益人大矣哉！学者可不务乎？

【译文】

程子教人持静，朱子教人主敬。静是心不起妄念妄动，敬则是常保觉醒状态。由于心不妄动，所以能延长寿命；由于常保觉醒，所以能日有长进。求学的功夫在此，养生的方法也在此。“静”、“敬”二字对人的益处太大了！学子能不在这两点上下功夫吗？

【赏析】

“静”与“敬”都是处世的原则，第一个“静”字道尽养生真谛；第二个“敬”字言尽处世要决。“静”者，心如止水，不妄动，无贪欲，处变不惊，临危不惧，无故加之而不怒，猝然侮之而不恼。守“静”，则心明志清，淡泊名利，心胸似海，意如高山。无怨无亢，抱神守一。

这是道家养生强调的境界，此悟皆源于一静字。守“敬”，则每日自省，严己恕人，待人温和，受人尊敬。每日含敬畏之心，守礼严制，不敢稍纵私欲，害人害己，做事有礼有节，有分有寸，无不及也无过，言之确确，做之凿凿，诚信守实，恰到好处，此乃做人之原则，处世之根本。如此之人，必广受人敬，事事皆顺。

祸者福所依　福者祸所伏

【原文】

卜筮以龟筮为重，故必龟从筮从乃可言吉。若二者有一不从，或二者俱不从，则宜其有凶无吉矣。乃洪范稽疑之篇，则于龟从筮逆者，仍曰作内吉。从龟筮共达于人者，仍曰用静吉。是知吉凶在人，圣人之垂戒深矣。人诚能做内而不作外，用静而不用作，循分守常，斯亦安往而不吉哉！

【译文】

古代占卜，以龟甲和蓍草为主要工具，因此一定要龟卜筮占皆同，才可称得上吉。如果龟蓍有一不同，或是两者都不赞同，那么事情便是凶险而无吉兆了。但是《尚书》洪范稽疑篇中，则对龟同蓍不同的情形，视为做内事吉祥，即使龟蓍占卜都与人意相违，仍说无所作为则有利。由此可知，吉凶往往决定于自己，圣人已经教训得很明白了。人只要对内吉外凶之事内行而不外行、对全与人意相违之事守静而不动，安分守己，遵循常道，岂不是无往而不利吗？

【赏析】

“塞翁失马，焉知非福。”说的是矛盾双方在一定条件下是可以相互转化的，好与坏，安全与危险，各种形式的矛盾都是对立统一的，同生共灭的，而且双方在条件允许的情况下，还会发生换位。否极泰来、苦尽甘来、乐极生悲这些词语说的都是祸福难料，人生无常。所以对于祸福一事要以一颗平常心来对待，不以物喜，不以己悲，身遭祸事，也不要自怨自艾，而应该奋发自强，化悲痛为力量，祸事就可以转化为好事。若身有福事，当是上天垂怜，降福于己，要好好珍惜，不能奢侈浪费，心存骄傲，放纵私欲，玩世不恭，当福泽易尽，祸事就开始来了。到时悔之晚矣。无论福祸，都要不以为意，以平常心对待，才是人生的良好心态。

大孝单称虞舜　英才独颂周公

【原文】

古之克孝者多矣，独称虞舜为大孝，盖能为其难也；古之有才者众矣，独称周公为美才，盖能本于德也。

【译文】

古来能尽孝道的人很多，然而独称虞舜为大孝之人，乃是因为他能在孝道上为人所难为之事；古来有才能的人很多，然而独称周公之才美好，乃是因为周公之才以德为根本。

【赏析】

虞舜是孝之典范，为孝为到了极致，自古至今无人能及。其父为盲人，与其弟一起要陷害舜，舜侥幸没死，非但不怪他父亲，在他父亲流泪的时候舜还帮其父舔舐干净。如此大孝接近乎愚，现实中，无人能及，舜本人是否真是如此，也无可考证。但舜孝的行为已成千古佳话，即使有所不实，也是早已深入人心。

虞舜孝感动天

周公之德是否如人们传颂之高，已无法考证，但周公的德行，早已成为千古佳话，成了一个象征，周公辅成王尽心竭力，对待人才握发吐哺，如此克勤克敬的精神，世人难及。周公的德行和舜的孝行，都成了一个象征。舜之孝，周公之德，众人称颂，还是因为他们在居高位却不自傲，仍以谦卑之心待人。至于文中所提舜为其难，周公以德为本，只是后人把他们的孝和德作为一种象征来弘扬和传承罢了。

不能缩头休缩头　得放手时须放手

【原文】

不能缩头者，且休缩头；可放手者，便须放手。

【译文】

于情于理不当逃避的事，就要勇敢地直面它；可以放手不干的事，就要将它放下。

【赏析】

做事要有头有尾，力求完整，坚持不懈，有始有终。不能因为困难，就缩头不做，再大的困难，只要勇往直前，也能克服。困难像弹簧，你弱他就强，若藐视困难，一切困难皆不足惧；若心存畏惧，则小挫折也成大坎坷，难以克服。只要看准了的事，就应该一心做到底，决不退缩。

做事强调坚持，固然应该，但坚持的前提是要看准方向。若在努力奋斗的过程中，发觉方向出了问题，当放手就该放手，再要坚持就是盲目、蛮干。其实放手也是一种魄力，若该放手时依然坚持，那么越坚持损失就会越大。

居易俟命　木讷近仁

【原文】

居易俟命，见危授命，言命者总不外顺其正；木讷近仁，巧令鲜仁，求仁者即可知从入之方。

【译文】

君子日常平易居处，以待时机，一旦国家有难，便能奉献自己以救国运。讲究命运的人，总不外乎将命运投注在应当投注之处。不善言词则接近仁德，巧言令色则缺乏仁心。寻求仁德的人，由此可知怎样才能入于仁德了。

【赏析】

不求高官显贵，但求才华横溢。为人、求学、做事只要求增益己所不能，胸负雄才即可，未必要家财万贯，成为达官贵人。高人贤士隐居山野，或寄情民间，一腔才华居于平淡，这是修身养性的一种境界。但俟时机到来或国家有难，则应匡扶社稷，再所不辞。若还怀才隐居，无动于衷，便遭人诟病。

所谓隐士高人都善于伪装。高人往往木讷，一言不发，心怀天下，为人沉默，才如湖海。越是虚浮夸耀者，越是才疏之人。因为真正的仁德之人不屑于与世人争宠，越是巧言令色的人，越是没有仁心、没有真本事的人。

人生不过百　懿行千古流

【原文】

在世无过百年，总要做好人，存好心，留个后代榜样；谋生各有恒业，哪得管闲事，说闲话，荒我正经工夫。

【译文】

人活在世上不过百年，总要做个好人，存着好心，为后人留个学习的榜样。谋生计是自己恒常的事业，哪有时间管些无聊的事，说些无聊的话，荒废了正当的工作。

【赏析】

人生在世，不过百年光景，要珍惜时间，不可浪费生命，到头来一事无成，碌碌无为，空自嗟叹。一寸光阴一寸金，寸金难买寸光阴。若是整日无所事事，荒废正业，那么光阴虚度，百年后留不下一点有益的痕迹。

如此一生，有何意义？一生一世，即使不能活得轰轰烈烈，但也不能太过于平庸，总要有所作为。所以在世之日，若不想成就伟业，那也应做好人，存好心，给后代留下一个值得学习的榜样，使自己的品德能够流传下去。